9788599994443
CB077605

À memória de meus pais.

A estrada do tempo,
é a mão única para a eternidade...

Este livro é dedicado também
a todos que direta ou
indiretamente, colaboraram
com o Autor nas pesquisas.

VIDA E REVIVER

R.I.SILVA

VIDA E REVIVER

SUMÁRIO

Copyright by Renato Ignácio da Silva.

Membro da Academia Paulistana da História e Ordem Nacional dos Bandeirantes.

Direitos reservados. Proibida a reprodução, no todo ou em parte, através de quaisquer meios, sem permissão.

Editoração gráfica: Eduardo Silva.

Capa: o desenho foi feito pelo Autor do livro e assinado com o pseudônimo artístico de Rigsil. Trata-se da Capela Nossa Senhora da Ajuda, do município de Itaquaquecetuba em São Paulo. Construida no seiscentismo (1624) pelo padre João Álvares e reformada por diversas vezes.

A homenagem tem sua razão de ser. Descendente de pioneiros da região, nessa igreja o Autor foi batizado logo após seu nascimento na capital paulista. E nela casou-se.

Renato Ignácio da Silva, recebeu o título de cidadão itaquaquecetubense, em reconhecimento aos seus relevantes serviços prestados ao município. Ficcionista, atuante também na área de não-ficção, escreveu trinta livros, entre romances, novelas, contos, crônicas, reportagens, poesias, biografias e **short-story**.

Itaquaquecetuba é parte integrante da região do Cone Leste Paulista, também conhecida como Alto Tietê.

Edição: VIDA E REVIVER

Renig - Editora e Assessoria Publicitária.

Distribuição:

Catavento Distribuidora de Livros.

Rua Conselheiro Ramalho, 928 - Cep. 01325-000- São Paulo - SP. Caixa Postal 594. Fone: (011) 289-0811. Fax: (011) 251-3756. E-mail: catavento@uol.com.br - Site: www.cataventodistribuidora.com.br - Autor: rigsil@ig.com.br - Editora: renig.edi@ig.com.br

Os anos ensinam muitas coisas que os dias desconhecem...

Esquecer o passado é destruir o futuro.

Tudo que o homem fez, constitui o seu passado. Decretos, atas de reuniões, ofícios, leis, livros, escrituras, cartas, relatórios e até listas de preços das caixas de casas comerciais; os mais simples papéis, como mapas e fotografias antigas, são arquivos que devem ser pesquisados. Neles acha-se o que se pretende conhecer. Quando vemos pilhas e pilhas de documentos deixados em cartórios, institutos, igrejas, museus, dizemos:

—Aqui está o passado!

Então é preciso que alguém o revele. História é o que conhecemos do passado humano. E Historiador é aquele que investiga, pesquisa. Revela e explica. Um cientista cuidadoso com o que vai transmitir. Uma das qualidades do Historiador é a imparcialidade. Nunca deve torcer os fatos, adulterar o passado. A História não é um Tribunal de Justiça e nem o Historiador, um juiz para proferir sentenças. E outras qualidades devem distinguí-lo: ser corajoso, honesto, sereno, verdadeiro, íntegro, coerente, equilibrado, humilde e nada acrescentar.

Porém, este ensaio, modesto trabalho literário, não é só voltado para a História, testemunha do tempo, luz da verdade e mestra da vida. Como informativo, segue ao lado dos acontecimentos reais. Reune ficção, com verdades históricas. Mostra a evolução, na forma de vidas sucessivas. Para ao longo da exposição de gerações (1600, 1700, 1800, 1900, 2000), resgatar a memória daqueles que lutaram pelo progresso da região, servida pelo Anhembi (Tietê), caminho líquido importante. Se os homens são a História, os rios, não raro, são a trajetória dela...

O livro-documentário representa uma janela para o passado, através da qual se viaja pelo tempo. Criando-se ilha de calmaria no agitado dia-a-dia, de hoje. Como mergulho em chãos esquecidos, de onde regressamos à tona de nossa época, com punhados de boas recordações. Numa exposição clara; mais curta e menos metódica do que a escrita de um tratado grande, pesado e formal, sobre seus habitantes.

Nele, personagens verdadeiros e fictícios entrelaçam-se levemente em seus destinos, unicamente para melhor compreensão dos fatos, nos quatrocentos anos de conquistas e realizações.

O Autor.

TRILOGIA TIETÊ

**600 páginas escritas por
Renato Ignácio da Silva,
sobre a região do Alto Tietê.
Divididas em três livros:
"Vida e reviver",
"Histórias que não contei"
e "Encruzilhada".**

Da bravura silvícola,
a perseverança jesuítica,
da fibra bandeirante,
a audácia portuguesa.
Forja de bravos, que conseguiu
para Itaquaquecetuba
400 anos de conquistas
e realizações.

VIDA E REVIVER

R.I.SILVA

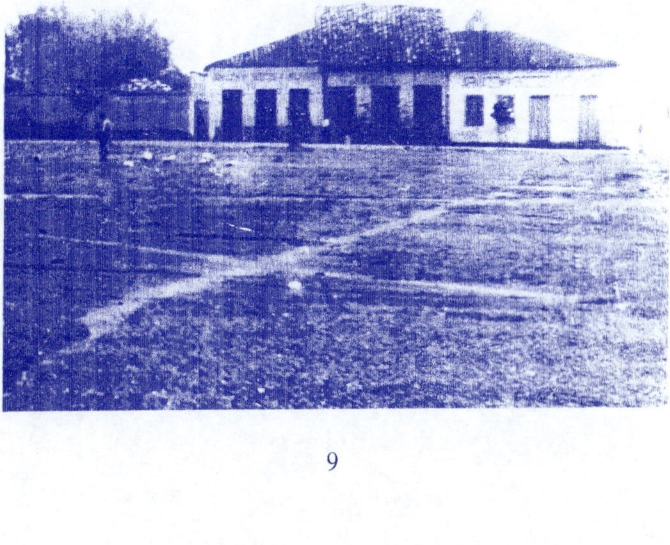

A BANDA -1998

—Itaquá aquece a tuba!...

Gritou fazendo trocadilho, o alto, esguiu, meio encurvado, rosto pálido e barba por fazer, motorista do ônibus, ao seu ajudante. Logo que ouviu nas primeiras horas da madrugada clara de poucas estrelas ainda brilhando, o toque do instrumento musical. Referia-se ao som que saia da tuba do Sérgio, mais conhecido como "Sabiá", cabeça metida num gorro de lã, alertando a turma ainda fria, com ares de sono.

O vento soprava forte balançando bambusais. Um ou outro grilo trilava na grama empapada de sereno e cachorros latiam em longínquas ruas, abafando os passos solitários na calçada...

Entendendo o aviso da convocação, a maioria da rapaziada, foi entrando no veículo para embarque em fila indiana. Puxada pelo gordo chefe "Bitatá" e seu ajudante pouco menos encorpado, "Panetoni", chamando a atenção de alguns retardatários para mais uma jornada musical.

—Santo Deus! — Exclamou alguém. — Não se pode nem dormir sossegado...

Seguiam também o Roberto, o Marcos — que pulando da fanfarra onde começaram, entraram na banda, Betinho e Marquinhos e sairam senhores em partituras, lendo e conhecendo tudo sobre música: Betão e Marcão. Graças a dedicação do maestro Gabriel. Outros foram chegando, o "Gari", o Elizeu, e logo, acordes gerais tomavam conta do ambiente festivo da Banda Marcial Municipal de Itaquaquecetuba. Possuidor de repertório vasto e eclético, que abrangendo temas populares à peças clássicas de difícil execução, elevava o nome da cidade por todo o Estado de São Paulo.

De currículo invejável, a banda destacava-se das demais pelo fato de ter enveredado por caminho erudito, aprimorando o nível das execuções e interpretações das peças, a ponto de ditar regras para as outras corporações musicais. Participava ativamente de comemorações cívicas, concursos, recepções governamentais. Desfilava garbosamente em avenidas, teatros, ginásios de esportes e estádios, recebendo os maiores elogios.

Vencendo seguidos campeonatos caprichando sempre nos dois aspectos importantes: apresentação e musicalidade. Além dos itens afinação, melodia, harmonia, rítmo, uniformidade instrumental, garbo, marcha, linha de frente, baliza. Obtendo constantemente a maior pontuação nos concursos difíceis e equilibrados, a banda que movimentava e alegrava Itaquaquecetuba, chegou a ser Tetra Campeã Estadual e Nacional.

Após muito trabalho, aprimoramento, estudo, e títulos conquistados, a banda (orgulho da cidade) não desfez-se totalmente, mas jamais voltou a ser o que era: uma das melhores atrações do município. E embora a finalidade não fosse a de fazer músicos profissionais e sim formação de corporações musicais, alguns dos componentes desse excepcional grupo passaram a viver da música. Encontrando-se logo depois do inesperado "desmanche", músicos de Itaquaquecetuba na Orquestra Sinfônica do Estado de São Paulo e Banda da Polícia Militar...

Parte dos integrantes mudou-se da cidade, tomando seu rumo na vida. Aos que ficaram, rapazes e moças, só a saudade dos bons tempos. Uma vez desfeita a diversão dos jovens itaquaquecetubenses, como consolo, mantinham apenas o bate-papo na Chopperia Pégaso Cintilante. Na rodada contínua do gelado líquido loiro, recordando episódios da excelente época em que viajavam exibindo seus talentos musicais por todo o Estado.

Onde outros mais iam chegando.

—Oi...

Deixou escapar a moça meio sem jeito numa voz tímida, quando transpunha a porta. E olhar a procura de conhecidos. — Quero uma caipirinha de vodca.

E os pedidos acumulando-se.

—O da casa, bem gelado...

—Eu, um Cuba-libre...

—Preciso de uma talagada forte. Vou de birita mesmo. — Anunciou outro já com dificuldade de se comunicar. Mastigando com gosto a empadinha assoprava farinha ao falar só com consoantes...

A moça de boca úmida pediu um fósforo e recebeu como resposta negativa do colega.

—Homem não fuma mais. Só Maria-Fumaça.

Aceso o cigarro, soltou longa baforada e cerrou furiosamente os olhos:

—Cretino, machista egoista... — Exclamou indignada. Chicoteando a voz de violento som agudo.

Sem olhar de reprovação, o rapaz coçou o lóbulo da orelha, sorriu enigmático e concordou com a cabeça. Envolveu-a num abraço como se desculpando.

—Para mim, água mineral...

O garçon, cabelo subindo pelas orelhas, levando a mão à boca tentando abafar o bocejo, lançou um olhar carregado de censura.

—Ô meu! Quanto tempo! Quem não é visto não é lembrado! Conta algo de novo!...

—Era uma vez uma vaca Vitória. Caiu no buraco e acabou-se a história. Serve essa?...

Alguém que havia pedido alguma coisa para comer, não terminou. Cara-cheia e enfastiado, queixou-se. Não estava igual ao que sempre comia em casa.

—Concorda que este grude não está legal?

O garçon acostumado a enfrentar feras azedas e intratáveis, ergueu os olhos.

—É hoje...

Respondeu não com um movimento de cabeça. Mas uma vez tomou parte na cena. Filosofou:

—Tem gente que não sabe. Toda receita culinária é uma declaração de amor. Todo mundo tem pelo menos um prato inesquecível. Pode ter o preparo mais simples possível, mas nunca você vai comer nada igual em toda a sua vida. É claro que a comida de casa é sempre mais gostosa! — E encerrou:

—Não existe tempero como o carinho da mamãe...

Naquela tarde, uma das curiosidades mais observada pela moçada foi citada — dificilmente alguém de fora acertava na primeira vez pronunciar corretamente o nome da cidade. Até mesmo experientes locutores, quando no noticiário de rádio e televisão demonstravam dificuldade. E da confusão, que o nome provocava em algumas pessoas. Quer pelo seu significado, quer pela localização.

Um dos rapazes, por entre a Kátia Cylene, o Janiel, a Nayara Edivilma, o Alessandro e a Roana, o Dedimar, mordendo a coxinha de frango com catupiri, argumentava com a Wanira, sobre uma dessas viagens, lembrando-se até dos diálogos:

—Vocês são de onde? Taqua...cetuba? Nossa! Que nome mais esquisito!

Quis saber alguém da cidade visitada, na ocasião. A morena de boca rasgada, lábios grossos, voz doce e afinada, interrogando e estranhando num só tempo.

—Putz! Deve ficar no litoral...

Atalhou perplexa a mesma jovem de fôlego curto, lançando um olhar alarmado. Largando a revista que folheava, vendo só figuras e despresando legendas.

—Perto de Ubatuba? Caraguatatuba? Por ai?...

Murmurou outro tentando adivinhar. Fez uma pausa, olhou e puxou a cadeira para mais perto da loirinha cheirando a perfume de jasmineiro. Que encolheu os ombros, levantando-se repentinamente:

—Caramba! Pelo palavrão, por certo onde Judas perdeu as botas!

—Negativo! — Definiu o informante sacudindo a cabeça sorrindo.

—Depende de onde você estiver. Nós os itaquaquecetubenses estamos a apenas 33 quilômetros da Praça da Sé, Marco Zero da Capital paulista...

Alguém já havia sugerido que deveria seguir com a banda, um folheto com explicações a respeito. Contendo criatividade e fundamentos históricos. Conforme outras localidades já faziam divulgando belezas e qualidades de suas regiões. E em especial, a origem do nome. Os mais radicais tinham idéia de cortar logo o assunto com um rápido: — Tenho mais o que fazer! Passe bem...

E na ausência do papel explicativo, entrava sempre um dos componentes instruido para tirar dúvidas. E ensinar.

—O nome certo é Itaquaquecetuba.

Adiantou o mais preparado excursionista itaquaquecetubense para a missão divulgadora.

—Heim! Já sei, Ita quer dizer pedra como Itararé, Itapecerica, Itapanhau, Itapeva, Itabuna, Itau e o restante?...

Nova interrupção. Desta vez feita por um curioso mais afoito, que do dormir profundamente acordou agitado. De nome e sobrenome **Itapoã** (pedra que ronca) **Coaraci** (sol), apresentando cartão de visita e tudo mais que tinha direito. Gordo, suado, pele curtida por sol e vento, mãos calosas e encardidas. Baixinho, parecia um gnomo bêbado na floresta. Numa algazarra de moleque, afrouxando a cinta e querendo mostrar seu conhecimento geográfico-linguístico.

—Não. Para início de conversa, pedra em tupi-guarani é itá e não ita, como a maioria das pessoas pronuncia. Mas nada disso acontece com o nome da nossa cidade. A primeira palavra não se refere a pedra. Um momento que vou explicar com detalhes.

Trata-se na verdade de uma corruptela que deriva do tupi, **taquá quicê tuba**, que significa "lugar onde há taquara cortante com que se fazem facas". O "I" inicial foi acrescentado com o passar do tempo pelos moradores. O mesmo acontecendo com a mudança de sílaba, o certo seria **qui**: Taquaquicetuba. Pois o "que" não existe.

No nome Itaquaquecetuba nota-se o sufixo **tuba** que significa idéia de coleção, de muitas unidades de uma coisa. Assim no tupi eram usados os sufixos, **tyba** ou **tuba**, que ao invés de indicarem idéia de coletividade, evidenciavam o lugar que possuia as qualidades necessárias para produzir ou gerar alguma coisa em abundância. Em Araçatuba, por exemplo, está presente o sufixo **tuba** e por isso, quer dizer "lugar em que há muito araçá" — Araçazal. Já em Curitiba o sufixo tupi é **tyba**, dai o sentido de "lugar em que há muito pinheiro"— Pinheiral.

Os nomes dos lugarejos eram dados de acordo com o que os fundadores viam na região...

Novamente pegou pela proa o minúsculo gordo metido a saber tupi, tentando dominar o assunto. Gritando como histérica solteirona, ia prosseguir com seu conhecimento mas acabou desistindo. Diante do pedido de silêncio de um companheiro.

—Sossega muar! Calado, sua anta ilustrada!...

Baixou a voz e lançou um olhar de desalento. Percebeu que não sabia tanto, nem agradava muito. Apenas completou:

—Gosto de pescar e a única coisa que tenho certeza mesmo é que **igara** significa embarcação, Igaratá,

Igarapava, e portanto Igaraúna é canoa preta. **Pará** é rio e **Paraná** quer dizer mar, Paranapiacaba, Paraíba (rio ruim). E **pira**, o mesmo que peixe, Piracicaba, Piracaia, Pirajussara. Não é certo?

—É por aí...

O baixinho falava e gesticulava tanto, que o croquete sem ser mordido, parecia um charuto rolando entre seus dedos...

Uma das pessoas presentes, antigo morador da cidade em questão, que viajava com a banda, ouvindo a conversa, resolveu opinar. Tentando equacionar de vez o problema, na maior simplicidade:

—Que adianta ter nome indígena comprido e complicado, que o povo só chama pela metade, tipo Pinda (Pindamonhangaba) e Guará (Guaratinguetá)? Assim acontece com Itaquá! O nome de Baquirivu, não pegou ou não aceitaram na vizinha São Miguel, tanto que mudaram, bem que o nome também antigo de Capela, poderia voltar no lugar do confuso, longo e as vezes até impronunciável, Itaquaquecetuba. Passaria a ser mais curto e acabariam as confusões em torno dele. Pelo menos Capela não precisa de explicações. Todo mundo sabe o que é...

Nova intervenção do baixinho:

—Nome muito simples. Por que não então Catedral?

—Igreja episcopal de uma diocese? Pomposa demais...

—E Abadia? Paróquia em que tem jurisdição o abade?

—É lembra mosteiro. Tai, gostei! Eu seria com maior prazer um abadiense...

Rematou o itaquaquecetubense cimentando desavenças e pagando chope para todos.

O COLAR - ANO 2000

Na Chopperia Pégaso Cintilante, da praça padre João Álvares, ou "Jardim", tudo era festa na entrada do novo século. Um gosador lançou a célebre frase errada paulista:

—Quero dois pastel e um chopes...

O que os jovens divertindo-se no bar e presos por boas recordações recentes, podiam sequer imaginar, é que alguns deles tinham vivido juntos, por ali, num passado remotíssimo. Ah, como os caminhos das pessoas são insondáveis! Memórias apagadas, seguiam os desígnios do destino, os trajetos de Deus!...

Cada qual com sua luta, desde o sertão bruto, corroendo os pés em terras poeirentas, sob inclemente e causticante sol. Do nascimento à morte, envolvidos em dramas e conquistas. Na época dos primeiros moradores, por entre sacerdotes e índios guaianases, nos tempos das bandeiras e da escravidão, sofrendo com a brasa do açoite, junto ao poste do pelourinho. Até em vivências mais recentes...

Em especial, sete daqueles jovens que mais tagarelavam na rodada de chope, haviam convivido na mesma praça, em épocas diferentes. Sempre juntos viveram em 1600, 1700, 1800 e 1900.

Sendo que neste último século, duas vezes. No início e no fim. E com destaque: Nayara Edivilma, Alessandro, Roana, Janiel, Kátia Cylene.

Principalmente, o negro Dedimar e a loira Wanira, que comemoravam o noivado naquele dia.

Um cigano que por acaso passava por ali vendendo quinquilharias, soube da data festiva, tirou da mala um colar com quatro números gravados em pedrinhas: 16-17-18-19-20. E pedindo licença colocou no pescoço da Wanira, sob espanto de Dedimar diante da recusa do estranho em cobrar pelo presente.

O presenteador virou as costas e seguiu em frente...

Enquanto o garçon da Chopperia Pégaso Cintilante, serviu champanhe para os noivos.

No meio do borborinho de viva, salve, saúde e votos de felicidade, alguém no bar reclamava:

—Pô, meu, esse nordestino Dedimar chegou aqui faz pouco tempo; outro dia, é atendido pelo garçon. Eu que sou nascido e criado aqui em Itaquaquecetuba, há vinte anos, tenho que esperar...

PÁGINAS DO BOM TEMPO -1600

No amanhecer, a luz brilhava no orvalho da grama. Guarás, piaçovas e jacamins, atingiram com seus vôos, o alto da jaqueira. Flores à beira das águas do rio Anhembi (do tupi, **Anhambau-y**: rio das perdizes), balançando, atraiam borboletas que promoviam verdadeiro bailado, de jóias aladas, vermelhas, amarelas, brancas e azues...

Ao sugar o néctar, colibris batiam as asas freneticamente. A jararaca com a claridade repentina, largou o preá que abocanhara. A suçuarana pisando sobre galhos quebrados por bandos de macacos, ainda rondava os ninhais espantando socós, biguás, e grupos de quatis que buscavam a proteção nos arvoredos mais altos...

Foi nas planícies da vila de Piratininga, entre os rios Anhangabau e Tamanduatei, que jesuítas levantaram a capela, a mando do provincial padre Manoel da Nóbrega. (Verdadeiro fundador de São Paulo. O padre José de Anchieta não poderia ser, como alguns pensam, pois era ainda um noviço menor de idade).

Humilde igrejinha, de grossas paredes de barro (taipa) e as mãos que ajudaram a construí-la (ai sim), foram as de um vulto pequeno e magro. Tez morena. Feições impregnadas de bondade. Olhos escuros, vivos e inteligentes. Batina surrada, calçando sandálias, o padre José de Anchieta, auxiliado por outros religiosos e índígenas.

Pronta a capela, fizeram-se as primeiras casas, e ela foi inaugurada no dia 25 de janeiro de 1554, recebendo então o nome de Colégio de São Paulo, por ser dia da conversão desse apóstolo e por destinar-se também o colégio, para os nativos e seus filhos.

Ao redor da igreja, novos índios e colonos foram erguendo suas casas. João Ramalho abandona a povoação de São Bernardo da Borda do Campo e com toda sua gente, vem estabelecer-se ao lado da capela de Piratininga. A bondade dos jesuítas, amenidade do clima, facilidade de vida e a riqueza do solo, foram chamando outros, para a pequenina povoação. Porta de entrada dos portugueses para o coração da América do Sul...

O número de casas aumentando. Em 1560 a povoação torna-se vila. Em 1711, cidade; em 1745, bispado. E em 1815, capital da província de São Paulo.

Quando, José de Anchieta, João Ramalho e outros pioneiros fundaram a promissora Piratininga (São Paulo), por instruções de seu superior padre Manoel da

Nóbrega, como trincheiras avançadas da conquista do planalto, outras povoações foram surgindo.

Formavam um cinturão jesuítico defensivo e de penetração, muito além das roças de Jeribatiba, as povoações de Itaquaquecetuba (aldeia de Taquaquecetuba, na época) Carapicuiba, Itapecerica, Mboi. Era amplo esse cinturão jesuítico, pois o sacerdote Manoel da Nóbrega, pretendia invadir quarenta léguas além de Piratininga e construir uma pequena "redução". Abrigo-fortaleza, para aumentar a resistência, ao redor de uma capela na aldeia dos Carijós, na Japiúba ou Maniçoba.

A Taquaquecetuba seria uma das onze aldeias fundadas ao redor de Piratininga, administradas pelos catequistas e enorme foi o esforço dos jesuítas fixando os indígenas nas aldeias. O trabalho mais árduo foi sem dúvida tirá-los do nomadismo.

E o responsável direto pelo projeto do cinturão de aldeias foi o padre José de Anchieta. Missionário jesuíta espanhol, nascido a 19 de março de 1534 em São Cristóvão da Laguna, Ilha de Tenerife, Canárias, e falecido a 19 de junho de 1597, na ilha de Reritiba, (atualmente Anchieta), no Estado do Espírito Santo, Brasil.

Aos 14 anos, feitos os estudos iniciais em Tenerife, seguiu para Coimbra, onde cursou a universidade local até 1551, quando ingressou na Companhia de Jesus, recém fundada por Santo Inácio de Loiola. A 8 de julho de 1553, Anchieta chega em Salvador, Estado da Bahia, pondo-se em contato com os indígenas e aprendendo com facilidade, o tupi. O conhecimento dessa língua facultou-lhe a fundação de uma escola para os índios e filhos de colonos.

Enviado no ano seguinte para São Vicente, à época conhecida como "Porto dos Escravos", encontra-se com o padre Manoel da Nóbrega, e ambos subindo a serra de Paranapiacaba dirigem-se à Piratininga, onde recebe o encargo do Terceiro Colégio Regular do Brasil. A 25 de janeiro de 1554, diz sua primeira missa. Aproveitando nessa data as comemorações da Igreja à conversão de São Paulo, dá ao lugar o nome daquele apóstolo.

Na pacificação dos indígenas, várias vezes colocou a vida em perigo, culminando no episódio da "Confederação dos Tamoios", em que se entregou como refém aos silvícolas, enquanto Nóbrega conseguia dos portugueses a paz por eles desejada. Escreveu ali o seu poema "Em Louvor da Virgem". Em 1507, cooperou com Estácio de Sá, na expulsão dos franceses, do Rio de Janeiro.

Nomeado reitor do Colégio de São Vicente, (1569) e elevado à dignidade de Provincial do Brasil (1578) Anchieta redobra a catequese e pacificação dos índios. Pela abnegação com que se votou ao santo e corajoso trabalho de catequisar os nativos, ministrando-lhes ensino e religião, José de Anchieta foi cognominado o "Apóstolo do Brasil"...

Os jesuitas (segundo projeto do padre Anchieta), tinham a preocupação de agrupar os índios em aldeamentos localizados nas proximidades de São Paulo de Piratininga, fixando-os ao solo para ganharem amor à terra e hábito de trabalho. E obviamente, a fim de catequizá-los. Portanto, é possível que a fundação da aldeia humilde encravada em colina modesta e vazia, de Taquaquecetuba remonte ao ano de 1560, com a passagem de Anchieta — porém, não há um só documento que comprove o fato. Apenas a sua teoria, seu projeto, do ajuntamento de aldeias.

O que existe, é uma lenda indígena contando que em 1570, viajando pelo rio Tietê (na época Anhembi), José de Anchieta estava entretido com seu livro de orações, quando de repente a canoa virou. Todos procuraram se salvar, menos o padre, que afundou na mesma atitude. Seus acompanhantes chegaram na margem. Passou-se o tempo e o pároco não vinha à tona. Até que um índio mergulhou e o encontrou no fundo, ainda lendo as orações. E o trouxe de volta...

Época das investidas dos bravos bandeirantes paulistas. Até 1586 esses homens na procura de um caminho para alcançar o rio Paraguai, devassaram, exploraram meticulosamente uma grande área estendendo-se para o Sul.

A partir desse ano, o grande sertanista Domingos Luiz Grou (casado com uma índia), parte para novos rumos, e fica um ano e três meses com sua Bandeira no sertão do rio São Francisco. No início de 1590, Domingos Luiz Grou une-se a Antônio de Macedo (filho de João Ramalho e de uma nativa) e formam nova Bandeira com 50 homens. Descem o rio Anhembi, sobem o rio Grande (hoje Paraná) ganham o rio São Francisco, investem para o Oeste e iniciam a grande penetração da vasta e desconhecida selva do Brasil...

A Bandeira de Grou-Macedo fica três anos no sertão, sendo dada por perdida na vila de Piratininga (São Paulo), onde reaparece no dia 5 de dezembro de 1593. Mas com a falta de muitos companheiros sertanistas, mortos na campanha. Acharam ouro, mas encontraram também enorme dificuldade de exploração, devido a resistência dos índios belreiros (hoje, caiapós).

Logo após a volta dessa Bandeira, outras mais se organizaram intensamente na vila de Piratininga, devido a notícia da fartura de ouro encontrada. Havendo inclusive, tentativas de famílias mudaram-se para lá. O que não efetivou-se devido a propagada belicosidade dos silvícolas da região invadida.

Os bandeirantes; bravos desbravadores, foram nossos primeiros e grandes geógrafos, fornecendo aos cartógrafos em Portugal, os elementos necessários para os mapas científicos do Interior do Brasil. Deixaram também, inúmeros roteiros escritos que inflamariam a imaginação dos futuros expedicionários. Graças a esses estudos, anos depois, começaria a ser descoberto ouro em Minas Gerais...

Homens que muitas vezes eram confundidos e levavam a fama de caçadores de índios. O que não correspondia a verdade. Em realidade, se os bandeirantes precisavam das informações que só os nativos podiam lhes dar, seria um absurdo que fossem tratá-los como inimigos. Só podiam conhecer, devassar, explorar, com o concurso dos seus naturais, do gentio. Afrontá-los seria considerar a causa perdida logo no seu início...

A gente de Piratininga procurava dominar a língua dos indígenas, conhecer-lhes os hábitos, usos e costumes. Seu modo de pensar e pela persuasão, convencimento, pretendia trazê-los, afim de casar com suas mulheres, tornando-se amigos e parentes...

Nossa história, sobre Itaquaquecetuba, inicia nessa época. Dos bandeirantes ampliando as fronteiras do Brasil. Tempos de calmaria na pacata aldeia guaianá.

O som melodioso do corrupião destacava-se na paisagem verde. Nas águas do Anhembi, agitadas bicudas pareciam disputar corrida com matrinchãs entre doninhas brincando. A maguari deixando as vistosas plumas da ubá e a beleza das floridas mongubeiras, bateu asas acompanhando a maritaca, a cotinga, o anambé-vermelho, o sabiá-castanha e o pintor-verdadeiro. Todos, querendo alcançar o vôo alto do gavião-pinhé, inutilmente...

O que é data certa de fundação? A História de Itaquaquecetuba é mais ou menos como a História do Brasil. Que começou bem antes de sua descoberta oficial em 1500, com a assinatura do tratado de Tordesilhas, no qual o rei português d. João II garantiu para si a posse de imensos territórios, que já eram conhecidos dos seus navegadores. (E os habitantes tinham muita coisa para contar). Quando o monarca Francisco I da França, enfureceu-se. O rei desejou "ver a cláusula do testamento de Adão que dava direito aos reis de Castela e Portugal, de repartirem entre eles as terras recém-descobertas do mundo". Mas tudo inútil. Espanha e Portugal receberam a maior parte, por prioridade de descobrimento...

Além das aves, quem mais habitava a região hoje chamada itaquaquecetubense, cuja data de início oscila entre 1560 e 1624? (Esta última é a correta. Quando levantavam uma capela, é que significava fundação).

Claro que índios. Mas, acima de tudo, seres humanos. Não animais como julgavam os primeiros estrangeiros no Brasil, de litoral, que desde a sua descoberta, passou a abrigar bandos de degradados, desertores, náufragos, gatunos, fidalgos individados e aventureiros que exploravam pau-brasil, o reabastecimento das frotas e o tráfico de cativos. Roubando as mulheres dos nativos, escravizando seus filhos, desfazendo-lhes o lar...

Quando os padres jesuítas chegaram na aldeia de Taquaquecetuba pela primeira vez, encontraram crianças indígenas brincando alegres e graciosas com bonecos de barro, peteca (feita com palha de milho tendo a parte de baixo achatada, que era jogada a palmadas) e até uma espécie de pião. Curiosas ficaram, com a presença estranha, mas não se mostraram agressivas. Passavam o dia procurando imitar os pais ou brincando, dançando, arremedando pássaros, não havendo desavenças entre elas. Os meninos pacientíssimos e treinando sempre com seus arcos e flechas. As meninas como os meninos gostando de imitar gente grande, ora tentando cozinhar, ora cortando lenha. A origem da tribo: guarani. E falavam tupi-guarani.

Estatura mediana, possuindo cor acobreada, olhos amendoados, cabelos negros, lisos e imberbes (não possuindo barba). Assim era o guaianá (significava manso, pacato), da aldeia de Taquaquecetuba.

Certos costumes da população sertaneja são considerados, hoje, uma herança desse povo: tecer e usar rede, o comer na cuia, fiar algodão e tingí-lo com frutos, o sentar de cócoras, a preferência pela cor vermelha, a utilização do milho, da mandioca etc. Plantas medicinais como, caruru-azedo, macaé, guassatonga, mastruço...

Forte, criado sem roupas ao sabor das intempéries, vivendo seus hábitos primitivos, o índio guaianá passava o dia na aldeia (exatamente no mesmo local onde hoje é o "Jardim", a praça padre João Álvares), caçando, pescando e plantando. Era tranquilo, não tinha a exaltação e a inquietude do chamado civilizado. Adaptava-se aos costumes da civilização (com prejuizo para ele), usava com desembaraço os novos materiais e ferramentas, mas não gostava do tipo de trabalho. Embora trabalhasse tanto quanto os jesuítas.

Seus passatempos favoritos eram as festas, as danças (tanto que os padres ao perceberem, criaram a "Dança da Santa Cruz", para atraí-los) e as lutas. Sua inteligência, normal, a índole pacífica, salvo quando se tornava vítima da maldade do estrangeiro...

A família guaianá além do alimento principal que era o beiju, feito de farinha de mandioca, comia do rio próximo (era só descer da aldeia) e lagos, peixes saborosos, tartarugas e quelônios menores, como cágados e seus ovos. Dos campos e matas, apreciava veados, capivaras, porcos-do-mato, pacas, macacos e aves como o jacu, a jacutinga, o uru etc. Alimentava-se de mandioca, milho, amendoim, batata-doce, banana, melancia, mamão e uma infinidade de outras frutas. Além do mel, encontrado nos troncos e no chão...

Assim vivia o guaianá, bem nutrido, simples a natural sem o embaraço da gordura traiçoeira (desconhecia o enfarto, insuficiência coronária etc.) e para sua felicidade desconhecia o uso do sal. Enquanto não tinha contato com o homem branco. Alguns nativos usavam nos seus alimentos uma espécie de sal extraído da planta aquática aguapê. Que era queimada em grande quantidade e filtrada...

Não tendo a gula da civilização, comia apenas o suficiente. Nesse fato residia o segredo de se manter forte, mesmo na idade avançada. E sóbrio ao comer, servia-se de pequenas porções de alimentos. Nunca demonstrando grande apetite, nem mesmo interesse especial por determinado alimento.

Puro, não tendo contato com o chamado civilizado, ele não tomava fortes bebidas alcoólicas e nem fumava, a não ser o pajé em cerimônias especiais. Vivia sem temer enfartos ou entupimentos de vasos sanguíneos.

Não sofria do coração e outras doenças modernas, da tensão nervosa. Não conhecia a lepra nem o "mal do século", o cancer. Aids, nem pensar. Estava longe...

Feliz com seus hábitos, plantava, pescava e construia canoas, protegido contra as picadas dos mosquitos e resguardado dos raios solares, pela tinta vermelha do urucu misturado ao carvão e jenipapo, passado no corpo em caprichosos e interessantes desenhos. A mulher fazia cesto, esteira, trabalho de cerâmica. Assim o guaianá era forte e feliz...

Porém, toda essa felicidade mudava. A fortaleza de saúde desmoronava-se, quando abria-se às doenças, logo que entrava em contato com aquele que vinha de fora. Um simples resfriado, para o nativo da aldeia de Taquaquecetuba representava morte certa, transmitindo os germes aos demais da tribo. O mesmo sucedendo à índia. Criatura saudável, corajosa, endurecida no trabalho doméstico, que ia desde carregar lenha, até plantar.

Dedicada ao lar e muito carinhosa para com seus filhos. Qualquer animal criado na taba era tratado também com o maior cuidado pela índia. Que chegava a mastigar os alimentos passando de sua boca diretamente para a boca dos pequenos animais, e muitas vezes amamentando-os no próprio seio. Fazia misso tanto com filhotes de macaco, como anta ou porco-do-mato. Mulher que ao dar a luz na mata, sozinha, banhava o filho nas águas do Anhembi (hoje Tietê), lavava-se e subindo a colina, voltava com o recém-nascido no colo, transformava-se também num ente frágil, sucumbindo ao contato com simples resfriado.

E isso acontecia, por não ter o nativo, anticorpos contra doenças epidêmicas: gripe, sarampo, caxumba, catapora, tuberculose, sífilis etc. A família nativa era feliz até chegar o estrangeiro trazendo além dessas doenças desconhecidas, seus costumes nocivos, o uso do sal, açucar e seus vícios; a cachaça, por exemplo...

Doenças e propagação de vícios que iriam devastar gerações inteiras. (Onde foram parar esses nativos? Não há um só morador de Itaquaquecetuba de hoje, que tenha os traços do antigo habitante). E o pajé, hábil curador além de feiticeiro "médico" das molestias tradicionais de sua tibo, perturbava-se no tratamento de doenças desconhecidas para ele.

Quando se fala em pajés, índios brasileiros feiticeiros, pensa-se logo que eles eram guiados pela ilusão e pela fraude. Mas a matéria médica por eles utilizada, tinha genuínas propriedades medicinais. Conheciam o valor terapêutico da erva-mate e do guaraná, obtiam o sono através da flor da datura, que contém o princípio ativo da escopolamina. Bem como usavam a folha do ipadu (um tipo de coca) como soporífero, hoje chamada cocaína...

Índios de outras regiões do Brasil, acabariam mostrando em 1750, a La Condamine raizes e folhas do cipó timbó, que atiradas na água, tonteavam os peixes, tornando-o descobridor europeu do alcalóide conhecido como rotenona, hoje largamente empregado como inseticida. Os mesmos índios mostraram o curare na forma de massa preta, venenosíssima que era colocada na ponta das flechas. O veneno do cipó, em que os silvícolas mergulhavam suas flechas quando desejavam paralizar animais ou inimigos, é hoje usado nos hospitais, para relaxar músculos em pacientes submetidos a intervenções cirúrgicas e em vítimas de poliomielite e tétano.

Orientando os cientistas do mundo, quase cem anos depois, os nativos brasileiros mostraram a Spruce, em 1849, a aplicação da casca da árvore quina. Seguiu-se a descoberta do alcalóide quinina contra a febre. Indicaram também a ipecacuanha, que muitas vezes curou Spruce, que evacuava sem parar, remédio conhecido há séculos pelos índios. Enviada a erva para a Europa, transformou-se hoje em poderosa injeção contra a disenteria...

Assim, uma imensidade de remédios que os naturalistas revelaram ao mundo, dádivas preciosas para a humanidade sofredora, foram ensinados por gente simples da terra. Chamados de primitivos bárbaros, atrasados, incultos, por estrangeiros, que se julgavam civilizados e donos da verdade...

Entardecia, e os nativos da aldeia de Taquaquecetuba desciam o rio Anhembi, povoado de bagres, pacupebas, piabas, jurupocas, piraguajuras, ximburés, jurupendens e piraguaxiaras. (Alguém já ouviu falar nestes quatro últimos?). Chupando frutas nhandipapos (feitio do limão doce), pacapeúvas (redonda e menor que a jaboticaba), sipotuás (vermelha e redonda, quase do tamanho da laranja) e itais (compridas à maneira de vagens de feijão, com casca dura que precisava quebrar-se para comer). Misturavam com mel, também abundante.

Enquanto os bichos seguiam as trilhas, sob guinchos altos, agudos e penetrantes dos macacos-prego em alegria. E bandos de baitacas recolhendo-se, enchiam os ares com sua vozearia confusa e barulhenta. Papagaios juruguás, maracanãs, araguaís, nhendaias, juirivas e sabiacis. Pombas picaçurovas e pairaris. Aves brancas denominadas guarapongas. Gaviões japocanis e taquatos. Pequenos, porém tão ágeis e violentos que nenhuma pássaro lhes escapava nos mais velozes vôos.

(Infelizmente, alguns desses frutos, peixes e aves, não podemos mais admirar. As espécies acham-se extintas)...

Na madrugada a brisa ainda fresca encanava-se pela única via de acesso que levava do alto da colina ao rio Anhembi de águas barulhentas, fervilhadas de dourados, pacus-pebas, caratingas e agitadas por lontras e ariranhas. Cercado de matas de caviúnas e jacareúbas, onde garças e irerês sobrevoavam...

Mata, lar do pipa. Um tipo de sapo, cujo nascimento diferia dos demais. Durante a reprodução, a fêmea depositava os ovos sobre a pele das costas. Cada ovo por sua vez, afundava na pele até desaparecer. Ficando as costas da fêmea cheia de furos circulares. Esses furos eram fechados por secreções locais, formando pequenas bolsas onde os sapinhos se desenvolviam. Dois outros batráquios interessantes eram companheiros do pipa, no cenário verde: o sapo-boi e o sapo-cunauaru. O primeiro enchia a mata com mugidos semelhantes aos do touro. E o segundo, pelo ninho de secreções odoríficas que fabricava, ninho de resinas cheirosas, e que, ao ser queimado na taba das jovens índias, lembrava essências aromáticas...

Com a morte de d. João II e a chegada de Vasco da Gama às Índias, o Brasil ficou durante os primeiros 30 anos do século 16, numa posição marginal dentro dos interesses portugueses. Tanto que durante parte desse período, seu imenso território foi arrendado a Fernão de Noronha, que somente explorava o pau-brasil embarcado no litoral, sem que houvesse interesse sério pelo interior. A não ser pelo trabalho de audaciosos bandeirantes e esforçados padres...

Uma lufada de vento mais forte arrastou a neblina que engulia a luz. E surgiu o sol na imensidão do horizonte, dourando capões de mato. Selva de gigantescos carvalhos. Refúgios de nativos guaianases. Aldeia iniciando o regime de sesmaria...

—Maldiçoado calor dos diabos!...

Não demorou para alguém praguejar baixo, escondido dos padres jesuítas. Queixando-se contra o sol que mal saira, já agoniava, naquele serviço bruto e desgastante. Os vapores tornavam o ar quente irrespirável.

Logo a quentura tirana viria mais violenta. Em que o solo pareceria ferver. E com ela o zumbido de mutucas, muriçocas além de formigas-cortadeiras, picando e irritando a pele dos trabalhadores, trazidos pelos curas e nativos arrebanhados junto das populações ribeirinhas. Que de tempo em tempo pediam ligeira trégua ao sofrimento, enfrentando vespas, aranhas e escorpiões, para beber canecada de café com piracui — a farinha de peixe...

Os religiosos orientando o serviço, mantinham desenhos e projetos sobre a mesa rústica, debaixo do rancho erguido ao lado do abacateiro. Anexo a uma casota de barro — pau-a-pique, cheia de arreios, couros, armas e sapiquás. A canastra-de-ervas curadoras não podia faltar, contendo: caroba, pata-de-vaca, caapomonga, vassourinha, tapiá, jaborandi, malvaisco, cipó-cruz, serralha-brava...

Uma viola enfeitada de fitas, encostava-se na cesta de tatu-canastra, contendo frutas-do-conde, laranjas, cajus e jaboticabas. No meio de cangalhas e cabaças. Porungas, panelas velhas e talheres de latão. Recipientes com anzóis, além de redes e armadilhas.

A candeia de fraca luz mantida por óleo de copaíba ainda continuava acesa, mal iluminando a si própria.

No centro da praça aberta a golpe de foices e machados, por entre a tarumã e o chá-de-bugre, de enorme, apenas o angelim-da-mata de 60 metros de altura, com seu tronco que quatro homens não abraçavam, tinha sido respeitada. Árvore que deveria no mínimo 200 anos...

Os padres, por entre tábuas e pranchões, marcavam as árvores que os índios deveriam derrubar, para as portas, janelas e o telhado. Estavam levantando a capela de Nossa Senhora da Ajuda. E o ano 1624.

Copaíbas, cedros, andirobas, paus-marfim e urucunas, madeiras nobres que deveriam ser usadas em transformados em simples vigas, caibros e ripas para a construção.

Na sombra de palmeiras carandás, caboclos manejavam serras em movimentos monótonos. E terminavam em marteladas estridentes que atravessavam as matas virgens, florestas berços de libélulas, espantando bandos de papagaios e periquitos.

O sol a todos castigava inclusive amarelando os poucos pés de couve, plantados ao lado de piúvas e guatambus, em que alguns capinavam, abriam roças para plantar feijão, quase pisando em jacu-guaçus nas moitas destruídas. Machados e foices punham abaixo palmeiras piaçavas e muritis. Enquanto valentes mateiros atacavam as moitas de quicê — capim que cortava como navalha.

Outros, descansavam na sombra de jacarandás e paus de mulateiras, braços caídos e língua de fora, sem coragem até para dar uma palmada na anca da mula, que tomava o lugar na fresca.

Protegidas pelas ramagens das abiúnas, cajuaçus e cacauis, as lentas preguiças mascando calmamente suas folhas, só olhavam. E tamanduás, de longe, apreciavam a tarefa dos desbravadores, cujas presenças na mata, provocavam revoadas de alarmados japis e sabiás-laranjeiras.

Saiu o joão-de-barro e em seguida o quero-quero. O martim-pescador direcionou seu vôo rasante para as águas do Anhembi.

(Histórico rio, hoje chamado Tietê (de origem indígena, que resulta da junção das palavras **ti-etê**, cujo significado é "curso de água, verdadeiro". **Ti**, a água, o líquido; **etê**, o caudal), cujo curso segue rumo inverso ao de quase todos os rios do mundo, que normalmente correm para o mar...

O Tietê, ao contrário, nasce na serra do Mar —no município de Salesópolis — atravessa o planalto se embrenha pelo interior de São Paulo, cortando-o no sentido Leste-Oeste até desaguar no rio Paraná. Seus longos 1 130 quilômetros de extensão estão vinculados à história paulista, pois serviram de via natural para a colonização das zonas mais distantes do Estado de São Paulo, desprovidas de outros recursos de comunicação.

Um rio tipicamente paulista, inteiramente paulista...

Foi através dele que os portugueses, após vencerem a barreira da serra do Mar e encontrarem no planalto um lugar privilegiado para instalar um povoado, fizeram as primeiras incursões colônia a dentro. Por ele, que as férteis terras do Este puderam ser desbravadas, quando em meados do século passado, a decadência do café no Vale do Paraíba, exigia a procura de novo local para seu plantio...

Estrada líquida dos bravos bandeirantes...

Lendário curso de água, citado como um dos elementos principais, nestas breves histórias de amor e sobre Itaquaquecetuba.)...

Nem o esturro não muito distante da onça solitária — talvez com fome ou a procura de fêmea — fez com os trabalhadores interrompessem a importante obra. A construção da igreja Nossa Senhora da Ajuda...

O gavião-cauré voava bem mais alto que o urubu-rei, as densas vegetações visitadas por borboletas, colibris, cimentadas por raizes poderosas. E cipós em volta, de todos os comprimentos e grossuras. Matas sagradas de enormes angelins, frondosas perobeiras, caviúnas, cambucazeiros; da jarina, que fornecia o marfim vegetal. E das soberbas landis, rainhas da flora...

As Bandeiras partindo basicamente dos campos de Piratininga, durante anos, na forma de expedições sistemáticas e organizadas dentro de padrões claramente definidos, vararam sertões, chegando — a pé — a lugares tão distantes quanto os pampas, o interior do Nordeste e os confins da Amazônia. Alcançando o Oceano Pacífico...

Alguns poucos paulistas comandando de 2 a 3 mil índios como soldados, iam descobrindo quantidades inimagináveis de ouro e pedras preciosas, mas acima de tudo, incorporando aos domínios portugueses, territórios que estavam além da linha de Tordesilhas, equivalentes a uma área de mais de 4 milhões de quilômetros quadrados.

(Havia estragos? Sim. O progresso é uma necessidade, ninguém ignora isso. Mas é preciso lembrar que o silvícola depende de sua cultura para sobreviver. Por mais que seja amparado e orientado é impossível adaptá-lo à nossa cultura. Porque se ele não morrer contaminado, vai morrer pelo próprio choque de civilização)...

No chão repleto de frutos avermelhados dos buritis. Cajuaçus, cutitiribas, mucajás, tucumãs, o mutum-verde vasculhava de um lado e o anu-preto, de outro. Sem contar o passa-passa dos recém-chegados, que por entre folhagens de merins, carundurus-do-sangue, gonçalos e paus-canela, outros heróis. Desta vez, a luta era bem perto de Piratininga. E não por bandeirantes, mas homens de batinas rotas, que sequer distinguiam lagartixa, de jacaré...

Estavam no mesmo ano, 1624. Ao ver o movimento estranho, os nativos foram chegando. E por ordens dos religiosos, mais precisamente do encarregado da obra, o padre João Álvares, a capela de Taquaquecetuba foi aos poucos sendo erguida no pequeno largo arborizado no alto da colina, que dava para a varzea do rio Anhembi (hoje Tietê). As margens dos rios foram as zonas que primeiro conheceram o povoamento dentro do processo colonizador, porque eram estradas naturais.

Auxiliados também por outros índios guaianases que trouxeram. Antigos moradores das aldeias de Guarapiranga e Carapicuíba, quase totalmente extintas por uma epidemia, que chegavam já com seu conhecimento de formar agrupamentos. (Como se hoje saissem de São Paulo, alcançando a Penha, depois São Miguel e em seguida encontrassem Itaquaquecetuba). Dali ainda foram até a fazenda de Boygi, da sesmaria de Brás Cubas, onde já existia um pequeno povoado que viria a ser Mogi das Cruzes...

O regime das sesmarias, foi instituído pelas Ordenações Manoelinas e Afonsinas com intúito da distribuição de terras em porções chamadas "sesmos". Com o objetivo de obrigar o proprietário negligente lavrar a terra tornando-a produtiva. Além evidentemente, do objetivo primordial: a catequese dos silvícolas.

E era isso que o abade João Álvares e sua equipe religiosa, naquela manhã de barulhentas cigarras, fazia, insistindo para que os índios tímidos e trêmulos, largando flechas e tacapes, ajudassem no levantamento das paredes de taipa da capela em homenagem à Nossa Senhora da Ajuda.

Dando de frente para a grande praça que, paralelamente à construção do templo religioso, estavam formando. Pretendiam João Álvares e companheiros, além de catequizar, levantar rapidamente a igreja, que serviria de núcleo à população. Como uma espécie de forte cercado de casas, a fim de proteger os índios ali aldeados contra a sanha dos caçadores. Que na época, os aprisionavam para servirem de mão-de-obra....

O padre João Álvares já havia construido as igrejas de São Miguel e Conceição dos Guarulhos, e ganhara as terras de Taquaquecetuba como prêmio por esse esforço.

Auxiliavam-no nessa nova missão, os vigários portugueses Leocádio Sintra Pereira e Sinval Limoeiro Extremo, além dos espanhóis Tiago Elegido Contreras, Omar Dias Ramaje e Fernão Mitre Dichoso. Fazendo parte do pequeno grupo pioneiro, religioso e trabalhador. Pessoas que além da igreja estavam também erguendo o que seria um local de pouso obrigatório, descanço de tropas e tropeiros, para todos os viajantes que tinham como destino o Rio de Janeiro...

A equipe indígena apareceu sorrateiramente. Arisca como sagui-piranga. O tuxáua (cacique) Cunambi (veneno-de-peixe, em **nheengatu**) na frente, apresentou-se ao chefe dos padres e foi por ele apresentado aos demais. Chegara com o pajé (feiticeiro), Sêi-mo (na mesma linguagem indígena, equivalente a "patrício", da tribo ou nação). Carregado de folhas, frutos, raizes, flores, cascas, talos e sementes. Trazendo ainda com eles, o "Pato-Mergulhador" e o "Gavião-Preto". Acompanhados de uma jovem toda empinadinha. Bonita, portando traços finos, filha do cacique e todos quase... nús, naturalmente...

A garota nativa, apenas com leve cobertura por baixo. Pele amorenada, olhos amendoados e negros como jabuticabas maduras, seios rijos, pernas bem torneadas.

Corpo modelado e palpitando de vigorosa mocidade nas curvas felinas. Amplos quadris, onde um fio de embira segurava minúscula e leve tanga de penas de arara.

Mocinha, segundo o mandatário da tribo (com desnecessárias explicações), recentemente saíndo de **taina** (criança de ambos os sexos, em **nheengatu**. Dai em diante o do sexo masculino é **curumim** e o feminino **cunhatai**), dizendo chamar-se "Terêterêcuaranaquaíta", ou algo assim. Que ninguém entendeu muito bem. Complicado e de prolongada pronúncia. Imediatamente foi rebatizada, por um dos sacerdotes, o Fernão, para simplificar: Terecita. Recebeu a aprovação de todos, inclusive da própria, com agradecido e ingênuo sorriso alvo...

Além do nome foi presenteada também com um vestido de chita, tipo camisolão, providenciado às pressas por João Álvares. Para ser usado ao menos na frente dos religiosos. Quem trouxe foi a "Embira-Branca" — uma índia clara, guaianá, que cozinhava e lavava a roupa dos padres. Que também chegou com canecas de café. O pajé descarregou o abarrotado samburá de ervas.

Geralmente o índio tinha por nome, o poético significado de algo simples ou profundo. "Calmo como um dia de chuva fina", "Brilhante como o sol", "Corajoso como um animal bravio" ou "Prateado como a lua". Um momento de alegria, um inseto, um estado de espírito, uma ave, uma fruta deliciosa, uma flor, uma pequena raiz. Uma erva curativa: calêndula, cana-do-brejo, carvalinho...

Nem portugueses, nem espanhóis estranharam porque com os sobrenomes deles, civilizados, acontecia o mesmo. Limoeiro e Pereira. Ramaje era um conjunto de ramos em espanhol, Elegido, eleito, predestinado para alcançar a glória e Dichoso, um afortunado, **hombre** feliz...

Canecas esvaziadas — o pároco espanhol Tiago Elegido Contreras, que preparava a isca de muçum para pescar dourados, pirapitingas, camorins, nas águas cristalinas do Anhembi, ou mesmo piramutabas, gurijubas, logo mais ao entardecer, tinha preferido sua canecada com aguardente e maracujá — não demorou e logo "Embira-Branca" e Terecita, deixando os homens a conversar e saltitantes como duas gazelas, embrenharam-se pelas matas de paus de marupás e morrãozeiros, gritando juntas:

—Tanajuras! Tanajuras!...

Tão alegres (bustos firmes saindo a todo instante dos vestidos incômodos), quanto estivessem em busca de gabiroba, murta, goiaba-da-chapada. Coquinho, uváia ou jatobá. Não desanimando nem mesmo quando uma delas, afobada, derrubou um ninho de abelhas arapoás, que imediatamente passaram a enrolar-se em seus longos cabelos...

Bem que os guaianases "Gavião-Preto" e "Pato-Mergulhador" gostariam de acompanhá-las, para apanhar os insetos que caiam na revoada. Os indígenas adoravam as içás — fêmeas da formiga saúva...

(Costume que passaram aos caboclos e até hoje tem muito itaquaquecetubense comendo essa formiga, que biologistas consideram nutritivas e ricas em gordura. Nós os paulistas, éramos considerados e chamados de comedores de içás. Herança do índio, o abdômen desse inseto era comido, depois de torrado como amendoim, ou na forma de paçoca, com farinha de mandioca ou de milho. A respeito de tal iguaria, escreveu o padre Anchieta: "Quão deleitável é esta comida e como é saudável, sabemô-lo nós que a provamos" (Cartas Jesuíticas). Hoje, a içá é alimento enlatado nos Estados Unidos! Com uma única diferença, ao invés de ser torrada como aqui, esta formiga, que na forma alada realiza grandes revoadas em nosso País, de setembro a dezembro, é em Chicago, frita no óleo comestível e coberta de chocolate).

Enquanto nativos guaianases e religiosos (na eterna praça), discutiam projetos futuros, Terecita e "Embira-Branca" entravam e saiam pulando da mata, catando os insetos voadores e colocando-os em bolsa de couro-de-antas e casca de tatu-bola, com alças...

Era a vida da saúva tentando ser mostrada pela natureza. Da qual faziam parte as operárias, as mais numerosas nos formigueiros e as rainhas ou mães — içás — que geravam as operárias.

A correria, em torno do fim do vôo nupcial das tanajuras de vários formigueiros. Com as chuvas fortes e rápidas do verão, elas voavam em grandes grupos de milhares e eram fecundadas no ar pelos bitus, os machos pouco menores e mais fracos.

Após fecundar a fêmea, o bitu morria, caia no chão. Deixando na bolsa seminal da fêmea mais de 45 milhões de espermatozóides. Mas como a fêmea precisava receber de 200 a 300 milhões, ela continuava voando e recebendo outros bitus. Depois cavava um buraco onde punha os ovos durante mais de 20 anos.

E nunca mais saia do formigueiro...

Só depois de 3 anos é que iria aparecer a primeira ninhada de operárias. Assexuadas, não se reproduzindo. Em seguida, todo ano uma ninhada: 4 mil formigas. Delas, uma média de 20% eram içás ou bitus que, quando chegavam as chuvas de verão, faziam o vôo nupcial.

Das 4 mil que saiam de cada sauveiro, 99,97% morriam devoradas por outros bichos (controle da natureza), passarinhos, tatus e até mesmo outras formigas.

A içá ou tanajura não era perigosa. Nem o bitu. Ambos cumpriam sua missão num dia só. Perigosas mesmo eram as filhas. Muito mais numerosas nos formigueiros: as destruidoras operárias...

O padre João Álvares pretendia que o cacique assim como o pajé e mesmo os outros dois indios do escalão menor, convencessem os demais companheiros e os trouxessem para auxiliá-los.

Sem falar na formosa Terecita, que poderia também convidar suas amigas. Toda ajuda seria benéfica, tanto na benfeitoria da praça ainda rusticamente trabalhada, apenas aberta a clareira, como no término do levantamento da capela de Nossa Senhora da Ajuda, apenas iniciada.

E para selar aquele encontro foi sugerido um jantar comemorativo. Desceriam a colina pela única via, a rampa cercada de matas fechadas, até alcançarem o rio Anhembi, da traíra e da jandiá. De mandis a caratais....

Sugerida e aceita, não demorou, todos estavam reunidos naquele amplo cenário de sertão tranquilo, em noite de luar, num laudo banquete. (Antes rezaram). A base de salada de palmito, virado de feijão com torresmo, peixes moqueados (tamuatás, tambaquis e matrinchões), caças assadas e aves (paca, veado, jacu, mutum) abundantes.

Içás torradas como tira-gosto, com direito a sobremesa, abóboras e mogangos cozidos, com rapadura e cana-caiana, frutas (mangabas e muricis) e mel-de-pau...

Todos comodamente sentados na beira do rio, o pajé Sêi-mo pediu licença para iniciar uma cerimônia. Fazer uma espécie de benzimento a fim de selar aquele memorável encontro entre brancos e índios. Fumou um longo cigarro preparado com capricho anteriormente. Largou e pegou um pito de barro.

Falou sozinho algumas palavras, e em seguida ofereceu aos presentes, um chá, em única caneca. Cada um deveria tomar dois goles. E levantando um dos braços, foi dizendo o futuro, enquanto o padre João Álvares, que conhecia **nheengatu**, traduzia aos demais religiosos:

—Reencarnarão! Vocês terão outros mais ciclos de vida! De cem em cem anos voltarão e para este mesmo lugar! Em épocas diferentes, assumirão a forma material de outras pessoas. Mas o espírito permanecerá o mesmo...

Os sacerdotes espanhóis e portugueses sorriram descrentes.

O pajé desviando de pés de remédios caseiros, como picão e jambolão, baixou o braço e colocando a mão na cabeça de cada, um foi recomendando que guardassem bem na memória, os nomes que ele em seguida iria citar:

—O tuxáua Cunambi, Roana; a "Embira-Branca", Nayara Edivilma; o "Pato-Mergulhador", Janiel; o "Gavião-Preto", Alessandro; o padre Tiago Elegido Contreras, Kátia Cylene; o padre Fernão Dichoso, Dedimar e a Terecita, Wanira...

Sêi-mo, olhou-os de relance e fixou mais demoradamente seu olhar na direção de dois deles. Como se estivesse tomado por alguma entidade, completou:

—Como já citei, todos que estão aqui viverão outras vezes e terão vários nomes. Em especial vocês. —Apontou para o padre espanhol, Fernão e a bela jovem índia guaianá, Terecita. — A quem algo muito bonito está reservado. Numa ligação indestrutível. Que nem o tempo, por séculos e séculos, destruirá...

Emocionado, o pajé calou-se por instante...

Um fogo iluminando as águas do Anhembi, chegou, parou e seguiu, interrompendo a explicação...

Que brilho azulado transitório teria sido aquele que assustava na floresta de ingás e tucumãs, mesmo clareada pela enorme lua? Apavorada com a luz fosforescente, a índia Terecita, sentada próxima de Fernão, agarrou no braço do padre levando-o ao seu peito. Por entre a fina chita, ele sentiu o biquinho duro e provocante de seu seio jovem, transbordando de ansiedade...

—É o sol e a lua! Irmãos, que se amam, e não pode!...

Gritou a índia, em **nheengatu,** para "Embira-Branca", sentada mais afastada. Tentando uma versão de castigo por união incestuosa...

O vigário espanhol, Omar Ramaje, olhos arregalados para aquelas chamas azuladas errantes, benzeu-se e murmurou:

—Espírito dos não batizados. Por certo...

O outro religioso, o português Leocádio Sintra Pereira, tentou esclarecer:

—Santo Deus, valei-me! Alma penada, purgando os pecados...

Como a aparição não desaparecia todos puseram-se a rezar sem parar, pegando nas mãos dos silvícolas...

—Não é! É a "**Mboi-Tata**" ("Cobra-de fogo").

Adiantou um dos nativos, o "Pato-Mergulhador". Garantindo que tratava-se de uma entidade que protegia os campos contra aqueles que o incendiavam. Era só ter calma que passava. Para o outro, o "Gavião-Preto", era a mesma luz que aparecia nos cemitérios, como alma penada, de quem ninguém deveria fugir quando via. Mas ficar quieto. Por que se corresse atrás, estava perdido...

—É a “Luz-dos-Afogados”, sentenciou o experiente cacique, Cunambi. — Luz dos brejos, baixadas e traiçoeiros banhados de camarás e canafístulas, onde aquele que vai atrás para saber o que é, enlouquece, atola-se e se perde para sempre...

O pajé confirmou:

—É o “Fogo-Corredor”. Com seu penacho azul e luminoso...

Para ele, os lampejos bruxuleantes eram as almas daqueles que ali se afogaram...

Todos querendo dar solução para o fogo-fátuo, uma luz azulada, fenômeno descrito desde antes de Cristo. Reboliço que na verdade não passava de um fenômeno resultante da decomposição de matérias orgânicas. Meteóros ígneos, produzidos pela combustão de certos corpos gasosos ou sólidos, em forma de chamas errantes de cor azulada.

A reunião interrompida diante dos brilhos azulados transitórios (do fogo-fátuo — verdade impossível de ser conhecida na época — inflamação instantânea de gases emanados dos sepúlcros e dos pântanos, que tanto assustava aquele homens valentes), só não foi interrompida por correria de nativos e civilizados, numa debandada geral, por obra e graça do abade João Álvares. Como competente comandante, exigindo calma dos presentes, colocou a reunião em ordem.

Naquela noite enluarada e conturbada, todos subiram a colina, alguns ainda agitados e meio assustados, onde armaram suas redes, como puderam, debaixo de paxiúbas e perobeiras.

No cair o silêncio, quando vagalumes voavam no escuro por entre folhas verdes de acapus, copaíbas, cedros e carapanaúbas, da rústica praça, aberta a golpes de foice e facão, tendo o chão mal aparelhado na enxada, em frente a igreja semi-levantada, surgiu o amor.

Entre as únicas pessoas que permaneciam acordadas: Fernão e Terecita.

O padre espanhol, não resistiu aos chamamentos do seu coração. Não esperou a madrugada despontar com a barulhenta araponga parecendo martelar uma lata. Nem surgir o som discreto da astuciosa onça, imitando o pio da ave que pretendia caçar. Assim como no clarear, apreciar o vôo do gavião-de-penacho atingir as alturas. Ou o camaleão "papa-vento" nas primeiras luzes preparar-se para tomar as cores exatas do ambiente, transformando-se em aparente galho verde, se resguardando do perigo geral.

Nem aguardaria o canto singelo de um tristonho sabiá-castanha perdido na capoeira, anunciando o raiar do dia.

Fernão encaminhou-se na direção da rede montada a certa distância, onde a nativa já o esperava de braços abertos, por entre lágrimas de emoção. (Primeira de amor ou já de saudade?) Tão linda e graciosa. Com naturalidade, a jovem esboçou sedutor movimento de corpo. Sorriu e arfou o peito. Seus seios rijos, trêmulos e comprimidos, saltaram do vestido-camisolão.

—Guapa morena. Minha "Flor do Cambará"...

Fernão tomou as mãos de Terecita entre as suas e levou aos lábios. Beijando também a lágrima que descia.

Em seguida caminharam de mãos dadas, sob o luar e as estrelas. Pisando flores lilás, rosa e carmim, que misturavam-se com o verde gramado num festival de vegetais coloridos. Como natural tapete estendido, para homenagear os dois amantes...

O "Casarão" ou "Casa Grande Velha", paredes de taipa. Enormes fechaduras nas portas, vigamento com travas de

A ave maria-é-dia anunciava a aurora e o jacumim-cunhã bailava no pau-marfim, enquanto patativas, tangarás e saíras enchiam os ares. Na muralha verde de freijós, cedros, sapucais e copaíbas, o sabido pássaro guaxo construia seu ninho, próximo de uma caixa de marimbondos. Além de ficar protegido de inimigos, pois nenhum bicho se atreveria a chegar até ali, quando os filhotes tivessem fome, a fêmea não precisaria ir longe, bastava só apanhar as vespas e com elas os alimentar...

A previdente cascavel já havia se recolhido quase toda; só faltava um pedaço da cauda com o guiso, para desaparecer no buraco do tronco da sapopema. Independente da chuva, serpente peçonhenta ou não, tinha que esconder-se muito bem ali, pois era caçada por inúmeras aves (jaburu, seriema, gavião), animais (ouriço-caixeiro, porco-do-mato) e pela própria cobra muçurana. (Ofídios só são facilmente encontrados nas imediações de sítios, granjas e chácaras, formadores do círculo: onde tem milho, tem rato; onde tem rato, tem cobra)...

Alguns guaianases estavam sentados no chão, empregando nas pernas, certa técnica de cirurgia rústica: prática de sutura com estranho material fornecido por formigas, criada por eles, quando, os padres chegaram com novas ordens. Teriam que carregar umas toras para mais próximo da construção da capela. Os nativos usavam as mandímbulas das saúvas para segurar as bordas do corte na pele. Faziam os insetos morder as duas extremidades, que eram juntadas e então retiravam o tórax e o abdome da formiga, deixando apenas a cabeça, prendendo os lados da ferida, bem juntas. Assim, era comum encontrar-se índios, na luta diária, com seu ferimento em bom caminho de cicatrização, preso por várias cabeças dessas formigas, substituindo a costura...

Bastaram alguns meses, para que vários nativos fortes e puros, em constantes exercícios na selva, já sofressem os efeitos do contato com trabalhadores europeus. Entrando em rápido declínio, tornando-se raquíticos. Fruto do convívio com portugueses e espanhóis especializados, para a missão de levantar a capela e orientar os nativos, que os padres haviam trazidos.

O guaianá a maneira que ia convivendo com aquela gente, desorganizava sua vida social e perdia as características de raça. Acabava ficando marginalizado.

Vivendo sem roupa durante milênios, dava-se maravilhosamente com a limpeza, que lhe vinha de não usar trapos sujos e veículos de infecções nos organismos que não possuiam anticorpos para uma defesa natural. O nativo puro, aquele que não tinha contato com branco, jamais possuira cheiro forte. Ele somente passava a cheirar mal, depois que punha roupa no corpo (e não tirava para lavar) ou passava a conhecer os costumes do chamado civilizado. (A cultura maior domina a menor. E elimina-a.)

Nu, em contato com a natureza e não conhecendo o sal, o índio não transpirava. As roupas atravancavam e embaraçavam os silvícolas, ao tentar desempenhar o trabalho, e devido a isso logo passariam a criar a fama de vagabundos para eles...

E o que não sabiam: iriam tornar-se doentes, preguiçosos e viciados.—Presente amargo da civilização. E mais para o futuro ainda, passariam a ser capazes de qualquer coisa para receber dinheiro ou álcool.

O mais bem intencionado homem branco, era para o índio, um inimigo mortal. Mesmo quando o procurava na melhor das intenções (como no caso dos jesuítas, para levar a religião), se apresentava como portador de moléstias, contra as quais o mais forte dos filhos da selva não tinha resistência.

Que vivia bem mais feliz antes dos padres chegarem. Tinha garantida a terra que cultivava, bem como as reservas para atender suas necessidades de caça e pesca. Não havia invasões de outras tribos, naquela imensidão de matas de maparajubas, guaxiúbas e sucuúbas...

Crendo em seus deuses misteriosos (até a chegada dos missionários jesuitas, tornando-os cristãos) e seres sobrenaturais como o "deus do sol e da lua, do raio e do trovão", o "espírito da mandioca", ou "aquele que põe fogo nos lugares por onde passa", o outro, "que rege as estações do ano e a frutificação dos vegetais". Espíritos bons e maus. O **curupira**, indivíduo de pés virados para trás, que vagueia pelas matas atrás de vítimas para chupar-lhe o cérebro. O **uakti**, o **ivá**, o **nãxivé**, o **anatiuã**...

Acreditando nessas divindades boas ou demoníacas, os índios temiam as desgraças e estabeleciam um código inviolável entre eles.

Feliz com seu sistema social: o guaianá de Taquaquecetuba, ao nascer recebia um nome e conservava-o até chegar a rapaz. Nessa idade, trocava de nome, e este seguia com ele até a morte. O jovem casava-se cedo. Podia contratar casamento até com meninas de 5 ou 6 anos. Mas o casamento somente era realizado quando a noiva atingia a puberdade. Mantendo o silvícola durante esse tempo, o mássimo de respeito com a escolhida.

Costume de rígida moral a que o nativo obedecia sem discutir. (Não vivia feito cachorro, copulando com a própria filha, como faz o "civilizado" de hoje). O ato sexual só era permitido aos casados. A poligamia representava privilégio dos maiorais da tribo (os caciques por exemplo). Viviam coletivamente, várias famílias instaladas em maloca. Existia o divórcio e não havia prostituição...

As leis eram os costumes e usos dos antepassados e dificilmente executavam penas. Não havia tribunal, qualquer falta grave era punida em público com severa repreensão ou castigo, pelo cacique, recebendo o faltoso, desprezo de todos os companheiros da tribo. A autoridade do cacique, absoluta, e o poder, hereditário, sendo transmitido de pai para filho.

Também muito respeitado por todos, era o pajé. Uma mistura de médico, profeta, sacerdote e conselheiro da tribo...

Ao morrer, o guaianá adulto era enterrado na praça da aldeia, juntamente com vasilhas cheias de alimentos. (...“depois da morte, a alma ia para longínquos lugares”). As crianças (com seus brinquedos), enterradas dentro da casa. Os caciques depositados em túmulos especiais, também no pátio da aldeia, porém, com uma cerca assinalando o local.

Pronunciar o nome do falecido, do dia em que ele morria, em diante, era expressamente proibido e considerado falta de respeito. Porque “sua alma, ao separar-se da matéria, passava a fazer parte da sagrada comunhão dos antepassados”...

Uma característica de todo indígena era falar baixo. Em qualquer conversa, mesmo entre eles, mal pronunciavam as palavras. O silvícola não gritava ao falar, a menos que estivesse embriagado. O silêncio era um hábito remotíssimo, ligado aos processos de defesa, que condenavam o ruído como possível aviso ao inimigo.

Dos índios sul-americanos, mansos aos mais bravios, todos apenas sussurravam, fazendo com que um observador espanhol do passado, Felix de Azara, escrevesse: "Seu ar é tão grave que não se lhe pode descobrir as paixões. Seu riso se reduz a entreabrir ligeiramente os lábios, sem romper jamais numa gargalhada. Nunca levanta a voz e fala sempre muito baixo; sem gritar, nem ao menos para a queixa quando o matam. Isto chega a tal ponto que, desejando o índio tratar com alguém que lhe vá dez passos adiante, não o chama, preferindo forçar a marcha até alcançá-lo"...

Os guaianases da aldeia de Taquaquecetuba, socialmente não evoluiam nem retrocediam; presos a uma época longínqua, repetiam simplesmente os usos e costumes de seus antepassados. Vivendo sem ambição num paraíso terrestre, onde bebiam cristalina água da fonte e bastava levantar a mão para apanhar o fruto. Em desenvolvimento cultural, nunca se aproximaram de outras civilizações adiantadas e apreciadoras de ouro, como as do México (aztecas, maias) e Peru (incas), que chegavam a possuir fortalezas, observatórios, templos, palácios etc.

O cacique guaianá, Cunambi e a filha, Terecita (que punha o camisolão só na frente dos padres, a pedido destes), estavam preocupados. Segundo ele, um de seus rastreadores descobriu pista que denunciava a presença de alguns elementos das tribos inimigas. Que até então nunca tinham se atrevido a atacá-los. Chavantes, carijós, talvez purus.

—Viriam de tão longe? — Surpreendeu-se o cura Tiago, quanto a estes últimos, apoiando-se no tronco da palmeira babaçu e limpando o suor do rosto.

—Ah, sim. Depois que começamos a levantar a igreja. Explicou o outro, Fernão, baseado em informações guaianases.

—Tribos antropófagas?

—Não, não devem comer gente. (Assim agiam, pensando adquirir a coragem do inimigo capturado)...

E acalmando a todos os nativos:

—Nada temam! Nesta região de fauna e flora, exuberantes, como em outra parte, a Cruz de Cristo vencerá qualquer combate...

E mais, corriam notícias também, entre os guaianases, de que, brancos viriam para escravisá-los.

—Se é verdade, Não é que vamos ficar. Já estamos apreensivos...

Resumiu um dos padres portugueses, na hora em que o dono das terras chegava e obteve como resposta.

—Fiquem descansados. Enquanto eu viver, aqui não permitirei a presença de escravos nem de escravocratas negociantes. E tampouco que capitães-do-mato a mando de traficantes, venham buscar nativos para transformá-los em cativos, em outro lugar...

Garantiu o abade João Álvares, empunhando a cruz e o bacamarte.

—Mas e o que dizer dos bandeirantes?

Perguntou o espanhol padre Omar.

—Uns heróis. Cada um deles marca uma epopéia na História. Grandes conquistadores do sertão. Trazendo o sangue audaz do europeu, senhor das primeiras conquistas marítimas, e do índio hospitaleiro e bravio. Por isso nosso rincão é chamado de "gloriosa terra dos bandeirantes". Esforçados e abnegados homens, corajosos acima de tudo, que em busca de esmeraldas aumentam nossas fronteiras.

—Todos? — Voltou a insistir o sacerdote estrangeiro, parecendo duvidar.

— Sim. Cheio de ambição, não bastou ao bandeirante a faixa estreita da pequena povoação de São

Vicente e, cortando o Anhembi, guiando-se pelas constelações ou pelo rumo do sol entrou pela selva bruta, transpondo brejais pestilentos, o medonho das florestas onde nunca penetrou um raio de sol e alcançando montanhas jamais pisadas. Todos audazes e destemidos, de Fernão Dias Pais Leme, passando por Raposo Tavares (nascido em Portugal) e chegando ao Anhaguera (diabo-velho) ...

Diante do olhar de dúvida do religioso estrangeiro que ainda não conhecia bem a região, o padre João Álvares tomou um fôlego e prosseguiu:

—A maioria é formada de bons elementos, com a mesma alma aventureira e heróica, por que? Algo contra?

—O que me diz de Domingos Jorge Velho?

—Sobre esse, sei o suficiente para afirmar que em suas caminhadas, abrindo caminho pelas matas virgens e fechadas, ergue pequenas povoaçõs, inicia canaviais, estabelece engenho, planta milho, feijão e enquanto aguarda a colheita, bate os arredores explorando o sertão bruto. É outro que não teme serpentes, animais ferozes, nem picadas de insetos peçonhentos. Muito menos emboscadas de índios...

—Pois é. Ele pode ser tudo isso, só que conheci-o pessoalmente. O homem é um dos maiores selvagens com quem já esbarrei. Cruel nos combates. Quando nos encontramos, trouxe consigo um língua (intérprete), porque nem falar, sabe mais o cristão. Não se diferencia do bárbaro índio...

(Cada tribo tupi-guarani falava um dialeto próprio, mas havia uma língua usada para se comunicarem entre si e com membros de outras tribos. A que foi adotada pelos jesuitas para catequizarem os nativos: o **nheengatu**.

E essa era a língua que o bandeirante Domingos Jorge Velho falava. Organizou expedições contra índios guerreiros, o que lhe valeu a patente militar de mestre-de-campo, correspondente ao que seria hoje, quase um general).

Os outros sacerdotes pararam o que faziam para ouvir o espanhol Omar, que raivosamente prosseguia atacando, o bandeirante de porte ousado, semi-envolvido no ponche, fisionomia expressiva de longas barbas, olhos inteligentes e audazes e energia de sobra: Domingos Jorje Velho. Aquele que ele considerava um caçador de nativos para escravizá-los:

—Esse pulha, apesar de ser casado, arrasta consigo sete índias concumbinas e até o presente momento, anda metido em mato sabe-se lá onde, à caça de índios e índias. Estas para o exercício das suas torpezas e aqueles para satisfazer seus interesses...

João Álvares, não deu chance ao estrangeiro:

—Você não faz idéia da grandeza desse homem. Não fosse a ousadia dele e de outros bandeirantes, a nossa terra não seria o colosso que é, e sim imensa possessão espanhola. Graças ao gênio aventureiro dele e dos outros companheiros de gloriosas jornadas, foram devastando terras do Norte, até ao Amazonas; as do Sul até o Prata, alcançando os planaltos de Goiás e Mato Grosso.

O padre espanhol mais uma vez tentou discordar. E João Álvares, com retidão de caráter, princípios sãos e reconhecimento de valores, rebateu:

—É possível, que Jorge Velho cometa esse pecado de ofender as índias que leva consigo. Concordo que é condenável, mas não podemos lhe tirar os méritos de pioneiro. Dos braços fortes e da grandeza do coração dele e demais companheiros. Orgulho-me de descender de bandeirantes. Guardo em minhas veias uma parcela desse sangue heróico. E deixo-me levar por ele em todas as obras das quais participo. Condeno o errado, é claro. E procuro caminhar com passo firme pela vereda do bem e da justiça, vencendo com risco da própria vida todos os obstáculos que surgirem. Mas, ao iniciar nova população, como a que estamos fazendo, se sou um pioneiro, embora pacífico, de certa forma considero-me um bandeirante também...

O sacerdote espanhol Omar Ramaje temia inclusive os armamentos dos bandeirantes. E sem razão, já que não eram muito eficientes. Devido a isso procuravam mais tratar o nativo, na base da amizade, usando armas só em extrema necessidade. A espingarda-de-mecha e um arco mecânico chamado besta (ou balestra). A besta disparava uma flecha de ponta metálica com cerca de 12 centímetros de comprimento, de alto poder de penetração e que podia alcançar até 400 metros de distância.

A espingarda-de-mecha era de carregar pela boca, cujo disparo da carga provocado pela queima de uma porção de pólvora colocada na parte exterior do cano e que, incendiada, penetrava na base fazendo explodir a pólvora internamente. Entre um tiro e outro gastava-se até quatro minutos. E essa arma não podia ser usada sob o vento, a chuva e à noite...

Para por fogo na pólvora era preciso primeiro acender um isqueiro com pedra sílex — como vemos, um trabalho arriscado e demorado. Para isso usava-se um cordão cuja extremidade estava permanentemente em brasa (mecha) e a qual, depois da espingarda carregada, era encostada à pólvora do "ouvido" que se incendiava e transmitia o fogo à pólvora na base da carga, fazendo-a explodir e provocando o tiro.

Vê-se claramente que a tal espingarda-de-mecha, tratava-se de arma de fogo ineficiente, imprópria para ser usada nos sertões, principalmente quando uma Bandeira era atacada de surpresa pelos índios. Seu valor maior, consistia em provocar pânico entre os silvícolas, mais pelo estrondo que fazia e pela fumaceira que provocava. De operação complicada, enquanto a arma era carregada, nos quatro minutos seguintes, um único índio desfechava vinte flechas...

Restava a besta, um arco mecânico que exigia muita força muscular para ser armado, tanto que havia diversos dispositivos para puxar a corda e fixá-la deixando o arco retesado. Qualquer uma das suas armas (trambolhos a ser arrastados nas matas) obrigava os bandeirantes carregar quantidades extremamente grandes de munição. O que significava sacrifício extremo para Bandeiras que ficavam quatro e até mais anos no sertão. Devido a isso, a solução seria entrar em contato amistoso com os nativos, tornando-os amigos e até membros das Bandeiras...

A conversa foi interrompida por um dos emissários-espiões do cacique que tinha voltado com boas notícias. E tudo indicava ser mesmo Domingos Jorge Velho, que havia passado pela aldeia de Taquaquecetuba (o homem trazia consigo sete índias), mas felizmente apenas pernoitara no "Casarão" (onde bandeirantes e tropeiros descansavam), não subiria a colina.

Para alívio do pároco espanhol Omar, o caminhante audaz já tinha seguido seu rumo, por entre as gigantescas árvores. Guarantans, timburis, cangeranas, guapuruvus e capixinguis. Ali expostas, como fortes sentinelas verdes, à espreita, dos dois lados da estreita picada. Onde de vez em quando, uma bromélia pendia seu cacho rubro do galho de uma delas...

O grande caracol punha ovos que iam do tamanho de chumbo de espingarda ao ovo de pomba. (Alguns desovavam em forma de cachos). A lesma que o mantinha era cor-de-rosa, tendo a parte de baixo aberta mostrando todo o sistema digestivo. Um dos mais estranhos seres já conhecidos. Cientificamente denominava-se **bulimus haemostomus**, mas os silvícolas conheciam como uruá. Fenômeno que representava restos vivos de uma fauna de trinta milhões de anos...

(Mas não é o fato de botar grandes ovos, que torna esse caracol diferente. Ele antecipa com espantosa precisão o nível das cheias. A ciência hoje, se preocupa em estudar o porque dessa mensagen da natureza. Depositando os ovos nas forquilhas dos ramos ou nas folhas, seja qual for a altura, é ali exatamente, que devem chegar as águas)...

O dia mal despontava, com o socó-boi pousando na copa da mamorana, crejoás e pavós voando em torno da florida paineira, e nova preocupação surgiu para o comandante da empreitada na selva, padre João Álvares. E desta vez muito seria.

A passagem rápida do homem de cara amarrada e resmungando muito, chamou a atenção de todos, tanto que atrapalhou até a pescaria de alguns nativos que amassavam timbó. O cipó contendo alcalóide tóxico aos animais de sangue frio, que jogavam na lagoa. Tonteava o peixe, mas não envenenava sua carne...

Subindo a colina da Capela surgiu o pajé dos guaianases, Sêi-mo. Ágil como pantera pintada e astuto feito cachorro-do-mato, acuado. Tinha o corpo enlameado, por mistura de barro com gordura de tartaruga. Revoltado, embrutecido até a alma, chegou espumando dizendo cobras e lagartos... além de morcegos.

A índia divertia-se olhando o pequeno animal cinza-amarelado, habitante de matas próximas aos rios e lugares úmidos como mangues e banhados, que para conseguir alimento, tinha desenvolvido curioso método de pesca. Onde a isca passava a ser seu próprio rabo. Ele o colocava nas casas dos caranguejos, quando o bicho reagia fincando as pinças no corpo estranho, o guaxinim puxava rapidamente o rabo trazendo preso a vítima.

Em seguida batia o caranguejo no chão, que rodava estonteado, e estava pronto para ser devorado. Mas antes o lavava como fazia com os peixes, frutas e insetos. Nada comia sem antes molhar e esfregar. Por isso o chamavam também de "ursinho-lavadeira". Mas em quase todo o Brasil, era conhecido como "mão-pelada". Pelo fato de ter suas suas patas desprovidas de pêlos...

—Mãe do céu! Que aconteceu?...

Exclamou apreensiva "Embira-Branca", deixando de lado as artimanhas do guaxinim, ao notar a palidez e a fúria estampadas no rosto do pajé.

O homem sentou-se ao redor do fogo de chão, e todos correram para seu lado. Notadamente o padre João Álvares. O feiticeiro, mago e curador, estava de mãos geladas, corpo frio e a cabeça escaldando. Passara a noite em claro e viera reclamar que a prometida, aquela que se casaria com seu filho, o "Um Dia Antes do Fim do Mundo" (que os brancos chamavam de Terecita), havia se apaixonado por um dos padres. Já vinha se encontrando com ele, durante algum tempo...

E o pajé sabia há muito, que o romance iria acontecer. Vira com tristeza, nas estrelas, mas nada poderia fazer contra. Tanto que previra. O problema era que o filho "Um Dia Antes do Fim do Mundo", não se conformava...

Havia desespero em sua voz:

—Tentei até fazer um trabalho esperando anular, mas não foi possível! O amor é muito forte! Antigo demais, não é do nosso tempo! Está enraizado há séculos! Tudo está consumado...

O pajé limpou os olhos vermelhos, congestionados, numa tristeza infinita.

—Tem certeza? Qual deles?

Fez uma pausa e indagou surpreso o chefe João Álvares, dobrando a rede de dormir.

—Tenho! E é o Fernão...

Citou melancólico, afirmando com gesto de desalento. Em seguida Sêi-mo, tirou demorada baforada do enorme cigarro de palha.

João Álvares calou-se um segundo. Ficou estarrecido. Espírito abatido, entristeceu e irritou-se ao mesmo tempo. A notícia doeu demais. Desabafou:

—Recebi uma picada de formiga-de-fogo, bem no meio do coração. Uma não várias, e também da saca-saia e da lavapés, doloridas de mais! Todas juntas, num só lugar...

—É preciso respeitar os outros! Provocações podem dar em desgraças, tragédias! Meu filho, "Um Dia Antes do Fim do Mundo", está possesso! Pintado de vermelho-ocre (sinal de guerra) e borduna de guatambu na mão forte. Quer matar Fernão. Disposto a uma só pancada...

—Calma, não deixe ele tomar medida precipitada. Eu vou verificar toda a verdade, a respeito...

Respondeu o sacerdote João Álvares com expressão penosa. As palavras vazias de consolo, naquela hora aflitiva, lhe saiam aos arrancos. Difíceis...

Se para o abade João Álvares a notícia foi como picadas de formigas, concentradas numa só parte, no coração, para Sêi-mo, ao ver o abatimento, o desalento e o desespero do filho, a confirmação da notícia representara algo terrível como ferroadas de abelhas, vespas, lacraias, taturanas, aranhas e escorpiões...

O guaianá queixoso, o feiticeiro da tribo, foi embora e João Álvares, que considerava o acusado como um filho, nervoso, remexendo roupas, alimentos, enxadas, machados e facões, espalhados pelo chão, chamou Fernão Mitre Dichoso. Para confirmar se aquela notícia, que chegara como um assaltante que saltando das trevas, viera roubar a felicidade do chefe dos religiosos, era verdadeira...

Na frente do superior hierárquico, homem acostumado a enfrentar as asperezas da vida, o padre espanhol não teve coragem de negar. Confessou que estava apaixonado por Terecita, e ela por ele...

—Você tem 30 anos, Fernão, e a menina uns 16 ou 17...

Passou as mãos pelo rosto, contraindo as feições. Fez menção de levantar-se e ir embora. Em sinal de respeito, parou e desabafou:

—**Nosotros no** mandamos em **nuestros** corações, colega...

Respondeu de vagar Fernão, pronunciando as palavras em portunhol, com firmeza e convicção. Lembrando-se daquela formosa menina-moça de lindas formas. Crescida na medida exata. Cabelos longos e soltos, braços macios tentando em vão abotoar o camisolão aberto, por peito arquejante. E portadora de lágrimas quentes. Um ser humano que era toda a sua vida...

—Então você sabe o que tem a fazer, não é? Deixar a índia em paz e largar esta missão. Pegar um barco e voltar para Piratininga...

Ditou o abade João Álvares, carregando nas palavras, um peso monstruoso para sua idade.

Dias depois, numa madrugada fria, a notícia correra na aldeia do alto da colina. A maloca em que vivia Terecita fôra incendiada e nela encontrada um cadáver de mulher. Debruçado sobre o fogão de pedra. Corpo não totalmente carbonizado, ainda dava para identificar parte de um dos seios, envolto em cabelo longo e queimado. Tudo indicava ser obra do despeitado e furibundo filho do pajé guaianá, o "Um Dia Antes do Fim do Mundo"...

Só que havia um porém. A jovem já há algum tempo, passara a morar com a "Embira-Branca", na mesma maloca. E alguém vira quando a índia mais velha, avistando a casa de palha em chamas, embrenhou-se pela mata, gritando e sumindo de vez. Mas essa pessoa poderia estar enganada; as duas usavam tipo igual de camisolão...

Na mesma madrugada o sacerdote espanhol, tendo presa no ombro a bolsa de couro-de-anta, contendo um pedaço de carne-de-xarque, toicinho, farinha, sal, café e rapadura. Palha e fumo em corda, para espantar motucas e borrachudos, desceu a ladeira da colina, alcançando o "Porto dos Barcos". Apanhou a canoa feita de um só tronco, e jogou dentro a tralha de viagem, mais o remo e o terçado (fação), e retornou para Piratininga.

Disposto a enfrentar perigosos bancos de areia e flutuantes troncos de perobas, mas cumpriria as ordens ditadas pelo superior João Álvares...

Não poderia o corpo queimado, ser da "Embira-Branca", e não de Terecita? E a jovem nativa, através das águas do Anhembi, cercadas por matas de pau-marfim, pajau e café-amargoso, por sua vez, ter ido embora para sempre, com seu amado religioso?...

Horas depois o homem que sabia tudo na aldeia e na mata, foi convocado, no porto, na beira do Anhembi. O pajé Sêi-mo. Catando artemísia, carqueja, agrião, confrei, salsaparrilha, arruda, avenca, losna, guaco, urucum e pariparoba, para um xarope contra a anemia, a fraqueza do filho deprimido. Causada por deficiência de ferro, vitaminas e proteínas.

Pensativo, acendeu o tradicional cigarro enorme feito com carinho. Forneceu bebida, puxou a fumaça e soprou, várias vezes por cima dos presentes. Quanto ao paradeiro dos dois, que todos estavam interessados, nem os poderosos chás, banhos, compressas, emplastos, pomadas, sucos e sumos, do pajé, resolveriam. Preferiu reduzir a apenas um melancólico comentário:

—Cumpriram seus destinos...

E continuando a apanhar vegetais: carapiá, sabugueiro e bardana, contra inflamação da sua garganta (o homem falava muito), avisou que tinha algo muito mais importante para comunicar à tribo: comportamento. E pôs-se a explanar sobre o futuro da estrada líquida, o rio Anhembi (o mesmo, que talvez tivesse beneficiado aquele amor eterno, impossível de ser controlado).

Viviam com simplicidade, no tempo feliz sem poluição ambiental. Os nativos amavam seu rio, moravam próximos dele, por questão de sobrevivência: fugir ou atacar o inimigo. Nadavam em suas águas, navegavam por elas com suas canoas, pescavam seus peixes e caçavam, apenas o que precisavam para comer. Não jogavam lixo no rio, simplesmente porque não produziam lixo. O que fabricavam: armas, ferramentas, cestos, eram usados até que se acabassem.

—Mas virão outros homens!...— Alertou Sêi-mo. — De pele clara e hábitos diferentes, como estes que vocês já viram o resultado...

Ninguém na roda atrevia-se a interromper o sábio da tribo guaianá. Mago, oráculo, sensitivo, curador. Quem melhor que ele, conhecia o valor da erva-de-bicho, do açafrão, da babosa, da canela, da catuaba, da malva, da vassourinha, da pariparoba, do guaco e da cainca?...

—Que trarão com eles, homens negros. E todos, no futuro, índios, brancos e negros, viverão durante muitos anos, junto ao rio. Aqui trabalharão, amarão, criarão seus filhos. O rio fornecerá água para suas lavouras, servirá de estrada para suas conquistas, matará sua sede, fome e dará alegria para seus momentos de descanso...

Sêi-mo largou nova baforada por cima de todos, apanhou um raminho de alegrim, outro de manjerona e prosseguiu com sua visão do futuro:

—O homem acostumará a jogar no rio o que não lhe servirá mais. A terra generosa, da camomila, do poejo, da losna, da serralha e quebra-pedra, que cercam as águas, acolherá a todos, novas pessoas chegarão e aprenderão o mesmo péssimo costume. Que por sua vez, repassarão de geração em geração. Muitas cidades nascerão e crescerão nas suas margens e até o nome do rio mudarão. Só o hábito de jogar tudo ali, que não...

O velho pajé tomou um fôlego e num instante, separando a alfazema, do jaborandi, a camomila, do boldo, a jurubeba, da beldroega, o barbatimão, da taioba, e a arnica, da sucupira, estava pronto para continuar:

—Chegarão coisas hoje desconhecidas (fábricas, usinas, edificações) e será aumentada, infelizmente, a mania de jogar nas águas tudo o que sobrará. (Da fabricação, de toda espécie e o próprio esgoto de suas casas). Até que um dia, o homem perceberá espantado, que se excedeu. As águas que lhe deram alimentos e alegria, passará a cheirar mal, não fornecendo mais peixes. Estarão matando seu rio...

O lixeiro urubu-tinga rodopiará no ar em vôos curtos. Enquanto no chão, em plena atividade já estarão o gereba, o negro, e principalmente o imponente urubu-rei, vasculhando tudo; comandando a operação sujeira...

Nova parada nas explanações para os membros da tribo. Desviou de um pé de azedinha, afim de protejê-la. O pajé tendo na mão um galhinho de hortelã, fechou os olhos e respirou fundo. Parecia soluçar. Ao abrí-los, seus olhos brilharam e uma lágrima desceu pela pele enrugada...

—E aí, o rio importante para todos, estará agonizante. Transformado em malcheiroso depósito de esgoto ao ar livre, quase sem o menor sinal de vida. Nem mais nas suas beiradas, um vegetal curativo, um simples funcho ou fedegoso. Saudoso do cantar do sabiá-laranjeira no ipé solitário, ou no tronco de um pau-darco qualquer submerso, a rodar nas suas águas, beirando as canafístulas.

Rio caudaloso que ficará lembrando na vastidão de campos verdejantes guardados por paus de cabriúvas e cajaranas, que outrora o cercavam. Na imensidão de terra para abrir lavoura. A espera de braços e do farfalhar do milharal. Da plantação de feijão e do arroz.

Pensando nas vizinhas florestas virgens, grotas e ribanceiras, de juremas e umburanas; coroas-de-frade e oiticicas, que percorrera. E de um tempo que não mais virá. Campos, cerrados e chapadões, repletos de ariticuns, enfeitados por rendadas samambaias e coloridas bromélias. Artisticamente trabalhadas pelas mãos competentes e sábias da mãe natureza...

A POCHE - 1700

Um frio cortante soprava de leste. A garoa, como imenso véu cobria a vila de Taquaquecetuba, alcançando colina e casarios.

Os homens falavam alto usando o **nheengatu**, língua geral, idioma usado nas tribos tupi-guaranis, para se comunicarem entre si. Mal sabiam o português...

(Essa língua foi durante séculos muito mais falada que o português. Mesmo os brancos falavam a língua geral e o português só era usado nos documentos oficiais. Só no começo do século 19, que o português se tornou de fato o idioma nacional do Brasil).

Lérida Valeron em seu sobrado, espiou através da rótula — grade de madeira, usava em algumas janelas, deixando entrar a luz pelos intervalos das travessas, que se cruzavam entre si. Em casas requintadas usavam algo mais sofisticado, tipo **moucharabieh** oriental. Reduto das intrigas de toda uma geração...

Ir até a rua para ver de perto do que se tratava? Quem eram os forasteiros? Nem pensar. Naquele tempo a cegueira paterna chegava a condenar as moças a um degredo doméstico tal, que só lhes permitia sair de casa por três únicas vezes em sua existência: para batizar-se, para casar e para ser enterrada...

Falavam o mínimo possível. Quase sempre abrindo a boca só para dizer:

—Xô galinha!...

Ou então:

— Não me bata mais!...

O barulho era produzido pela entrada de algumas pessoas estranhas. Usando gibões de couro e altas botas, armados de arcabuzes, portando bateias de ouro, cruzes, estandartes com significativos desenhos e um deles empunhando a bandeira de Santa Ana, tinham passado pelo "Casarão" (antiga construção de fortes paredes de taipa, pousada de bandeirantes), para o devido repouso. Procediam da vila de Santa Ana das Cruzes de Mogi-Mirim (Mogi das Cruzes, na época), rumo a Piratininga (nome de São Paulo naquele tempo)...

Que já havia tido outro nome, pois quando Braz Cubas, fidalgo português, viera ao Brasil com Martin Afonso de Souza, e que exercia o cargo de capitão-mor do donatário da Capitânia de São Vicente, obteve em 1560, uma sesmaria, que "começava em baixo da serra e vinha até Mboygy" (rio das cobras)...

Essas Bandeiras, de desbravadores mineradores de ouro, chegavam pelo Anhembi (Tietê), grande rio das entradas e monções. Por onde passavam, em seu trabalho deixavam rastros, montes de cascalhos, restos de lavras e iam fundando povoações...

Ao subirem para a colina de Taquaquecetuba também denominado Capela (por ter a única igreja num raio de muitos quilômetros), encontraram na praça, o mesmo ambiente reinante na Piratininga. Rapazes discutindo, brigando, em lutas iniciadas pelos pais.

Quase garotos porque os homens feitos partiam para o sertão — o fabuloso Reino Verde — atrás de fortunas: as esmeraldas...

No ano de 1650, tinha iniciado-se uma famosa disputa de ruas, entre "Pires" e "Camargos". "Guerra" que durou cem anos!...

Da Piratininga ela foi se alastrando. A primeira família, de origem portuguesa, a segunda, espanhola. Do primeiro pessoal participavam os Pires, Leme, Almeida, fiéis a Sua Majestade, por quem davam o sangue e a vida. O segundo bloco era composto de Camargo, Pedroso, Bueno, que já haviam tentado certa vez fazer da importante vila, um império para enfrentar a Coroa Lusitana. Visando aclamar Amador Bueno, rei de Piratininga...

No meio dessas sangrentas batalhas, ninguém ficava em casa. Até mesmo crianças xingavam-se nas ruas, dizendo-se orgulhosamente serem, "Pires" ou "Camargos". Se na "adiantada" Piratininga, com o sino de São Bento e os carrilhões do Pátio do Colégio badalando desesperadamente, como súplicas plangentes à população enlouquecida, que nas ruas lutavam pelo poder, e nada conseguiam, imagine-se na "longínqua" Taquaquecetuba...

Na Piratininga ainda se viam nas nas portas dos estabelecimentos comerciais, placas com os seguintes dizeres em português da época: "Mateos Bicudo-Barbeyro Sangrador & Dentista. Aplicão-se bixas" (sanguessugas), ou "Belchior da Costa Alfayate p. Homês & Donas". E até algo mais sofisticado como: "Paullo Roiz Brandão-Esculapio. Achaque intrinseco & Sangria"...

Mas na Capela não existiam, nem esses "práticos" da ciência de Hipócrates, que se davam ao luxo de clinicar, e eram apenas...barbeiros. Que assim agiam para aproveitar as ferramentas usadas no ofício. A sangria, a panacéia milagrosa, e gozava também de muito prestígio a aplicação de ventosas e sanguessugas.

E o povo, achava um roubo, despropósito, maior absurdo, a arroba da carne a 320 réis e o alqueire de feijão preto, 220 réis...

No meio de portugueses e espanhóis arruaceiros e inimigos, havia uma dupla que se amava e mantinha um romance, escondido: o Lourenço Epifânio de Taveira Centelhas, o Lô, e a Lérida Valeron, a Lé, filha da temida sangue-quente, Vicentina Artíbia Roiz de Aragão y Castela. Dona Nena — a terrível...

Versão da época dos Capuleto e os Montechi, importantes famílias italianas de Verona na obra "Romeu e Julieta", de Shakespeare...

E coincidindo com a passagem dos bandeirantes (de Mogi), havia chegado também na aldeia de Taquaquecetuba, um carroção transportando pessoal que apresentava peças teatrais, por toda a região. Tinha vindo de Piratininga. Sob o comando da estrela principal, a francezinha Vendramini — Vendra, como era mais conhecida nos meios artísticos. No carroção, estampado em letras garrafais, o título da peça que seria apresentada.

A única da companhia: "A pochettezinha de mademoiselle Vendramini". Também apelidade de "A poche", a fim de facilitar...

Claro que na Taquaquecetuba, ou Capela, não tinha público selecionado, nem nenhuma Madanela Vândala, que segundo os cronistas da época comentavam, ser a dama mais rica e famosa da "Colina Sagrada", como Piratininga era apelidada naquele tempo. Seu guarda roupa podia vestir companhias teatrais inteiras! Depois dela, em luxo, vinha Grácia Rodrigues, esposa de Pedro Leme.

Nem um padre Guilherme Pompeu de Almeida, que os cronistas denominavam de "Monte Cristo Paulista"— banqueiro dos bandeirantes. Um dos pouquíssimos milionários daquele tempo. Dele refere-se Pedro Taques, "tão opulento era, que fazia paramentar cem camas, cada uma com cortinado próprio, lençóis finos de bretanha e uma bacia de prata debaixo de cada uma das ditas cem camas"...

Pelos becos e vielas raquíticas que davam para a praça da vila de Taquaquecetuba, mal cabiam os carros de boi transportando sacos de café e cereais, fardos de chá, mantas de carne de porco defumada, potes de conservas de marmelo, água de rosa, tabaco, barris e lenha. Esbarrando em vagarosos índios e caboclos retardatários, que saiam das tavernas bamboleando as pernas.

Nomes das ruas? Poucas. Haviam indicações curiosas, mais ou menos assim: "da Cruz de São Bento para baixo" , "pegado ao Alcaide", "a par do Provedor", "atrás da Figueira Brava", "ao pé do Cruzeiro"...

Raras eram as casinholas indígenas, sempre na mesma praça, do século passado. O povoado avançava lentamente com seus barreados de taipa, mas já na forma de sobradinhos. Onde mulheres mais ricas, passavam o dia no seu estrado, ou catre-de-mão, entre mucamas silenciosas. A fazer renda, cafunés ou a ler a "Vida de São Bento". Relíquia literária do tempo.

Aos domingos, as famílias caminhavam em filas. As crianças e os escravos-índios na frente, um atrás do outro. O pai engravatado. A mãe, vestido de gola alta chapéu enterrado na cabeça e véu. Moça ficava em casa. A igreja e a guerra entre "Pires" e "Camargos", eram as únicas forças que conseguiam arrancar a esposa do silêncio altivo de seu lar...

A sinhá-moça pertencia a uma sociedade beata e semibárbara. Escrava do preconceito e da tradição. Amar naquele século tinha sabor de aventura: desafiar a cólera do "pai e senhor". Feroz como um cão de fila. O lar um cárcere no fundo do qual vegetavam as donzelas, quais flores de estufa, a esmagar no peito os seus sonhos mais puros...

Assim perambulava pela casa, como uma sombra cambaleante, a tristonha e pálida descendente de espanhóis, Lérida Valeron. De pai não muito severo, mas mãe caudilha, a terrível dona Nena, orgulhosa Vicentina Artíbia Roiz de Castela y Aragão. Enquanto a filha, Lé, definhando já parecia um fantasma. A remoer soluços com direito apenas de espiar o seu amado Lô, através de simples buraquinhos de madeira da janela. E a vida que passava distante. Desconhecida e fascinante...

—Sorte madrasta...

Queixava-se o apaixonado Lô, o Lourenço Epifânio de Taveira Centelhas, caneco de vinho na frente, cortando um naco da posta de carne de sol, ao amigo Raul Casota, que usava cachimbo de loça e, queixava-se de mal-de-arejo (mau olhado). Estavam na taverna Del-Rey, na esquina do Beco do Mata-Fome, com a praça principal (e única de gerações em gerações, onde quase 300 anos depois, alguém montaria a Chopperia Pégado Cintilante). Em que reuniam-se amigos não muito interessados na "guerra" entre "Pires" e "Camargos".

Do grupo mantendo forte amizade, faziam parte o fiel companheiro de boemia, o poeta Raul Casota, a escritora Alícia Leal, o Júlio Lorena Diniz, o Emanuel do Canto e o Motinha, isto do lado de origem portuguesa. Da banda de descendentes espanhóis, do pessoal amigo, a turma era composta pelo Javier Aguilera, a Loren Aranzábal e o Felipe Rojas...

—Se não mais vê-la, só me resta "sertanear" em busca dos pedregulhos luminosos (pedras preciosas)...

Cachimbando, queixou-se, dando forte murro na mesa, balançando caldos e iscas.

O barulho de sedas e tafetás das madames bem como o crepitar de seus leques, cochichos e bisbilhos, eram abafados pelo som do corta-jaca, do jongo e do cateretê, tocados por vários grupos simultaneamente. Além do vozerio, normal num salão de refeições em qualquer época.

—Carneiro com molho de ferrugem!...

—Um cuscus de peixe!...

—Vai para a Piratininga, quando?

—Manda um virado à sorocabana!...

—Pires, sempre!...

Já embriagado alguém encorajou.

—Camargo, maldito **hijo de una perra**!...

Responderam batendo o cinto de couro cru sobre a mesa.

—Aviva mais a luz desse candieiro do centro, quero ver a cara de quem falou!...

—Uma peixada a escabeche!...

—Coelho ensopado, vitela e curau!...

Cantador viola em riste passou a soluçar:

Agora vou eu cantar,
Por mandado de meu pai;
O meu pai é homem velho,
Já não pode cantar mais...

Abaixai, Serra Morena,
Quero ver Mogi-mirim;
Quero ver se aquela ingrata,
Ainda se lembra de mim...

—Codorna ao torresmo, urgente!...

Enquanto outros já estavam na sobremesa:

—Pamonha com mel de cabaú e bolo de carimã!...

E os retardatários insistindo:

—Cabrito à castelhana!...

—Salta uma pescada à moda!...

—Tutu, com tudo mais que ele tem direito!...

O vai-e-vem de panelas a gamelas não parava. Patos, perus, codornas, pombos. Batata-roxa, pessegada...

Lô deixou o Del-Rey acompanhado de amigos e violeiros. Logo que puseram os pés para fora da taverna os músicos prosseguiram na cantoria de trovas populares de autores anônimos, agora ao ar livre e com maior liberdade de abrir o peito:

Eu plantei o roxo nágua,
O azul na varandinha;
Quem quiser o roxo, colha,
Que o azul é planta minha.

Eu sou cativo do agrado,
E a quem me mostrar carinho,
Trago meu peito de rastro,
E meu coração de gatinho...

Lô aproveitou a deixa e a boa vontade dos amigos violeiros, iniciaria uma serenata para a mulher amada. Chegou próximo ao sobrado de Lé e passou a cantar bem alto:

O fogo nasce da pedra,
A pedra nasce do chão;
Firmeza nasce dos olhos,
E o amor do coração...

Laranjeira de três folhas,
Se tem uma, não tem mais;
Se eu te quis como queria,
Cada vez te quero mais...

Na madrugada cheia de estrelas, vagava o eco das canções nostálgicas. Desesperado, Lô ainda gritou:

—Boa noite, meu anjo!...

E saiu soluçando, nos braços dos amigos. Flauta e rabeca executando melancólica seresta, provocando ainda maïs a nostalgia. Deixando no sobrado, apenas o silêncio...

Enquanto o foguetório anunciava e o sino batia forte na torre da igreja de Nossa Senhora da Ajuda, já chamando os fiéis para a missa...

Quais os assuntos preferidos na roda daqueles mais pobres, frequentadores da praça? Os bárbaros magníficos! Os sublimes selvagens! Os bandeirantes Fernão

Dias Paes Leme, Cabral Leme, André de Leão, Pedro Lobo, Antônio Bicudo, Bartolomeu Bueno, João Amaro, Gabriel de Lara, Manuel Preto, Nicolau Barreto, Raposo Tavares. Domingos Jorge, Chico Dias de Siqueira, o "Apuçá". E suas aventuras...

(Com cartaz de jogadores de futebol e astros de cinema e televisão, de agora). E quem vinha na frente? O gigante santamarense, capitão Manuel da Borba Gato! Um Deus do Reino Verde. Destemido aventureiro que por mais de vinte anos, rasgara as víceras misteriosas e sombrias do Continente Verde. Cavalgando horizontes, bebendo distâncias e engolindo florestas.

Figura imponente e máscula. Alto e forte, aparentando 60 anos, olhos gateados brilhando no fundo do rosto barbudo e bronzeado. O Gigante da Selva, assemelhava-se a um troglodita trajando à sertaneja: uma jaqueta de malha, um jibão e cinturão de couro de onça, encrustado de cruzes e jóias. A calça tinha parte encoberta pelas famosas botas de sete léguas.

Dele se dizia, que era dono da metade do Brasil. Senhor de 60 mansões, tendo sido coroado Rei do Sertão pelos silvícolas. E mais, que se achava a testa de trinta mil índios para atacar cidades importantes, inclusive o Rio de Janeiro e derrubar de vez a Coroa Luzitana...

O ódio alimentando paixões, na pequena vila da Capela, fervia vinganças. Cozinhava aversões exatamente iguais aos da Piratininga: o descendente de português contra o castelhano, o piratiningano contra ambos, os três contra os padres. E o índio contra todos...

(Da mesma forma como o paulistano —hoje — tem aversão ao nordestino. Como vemos, o tempo nada muda...)

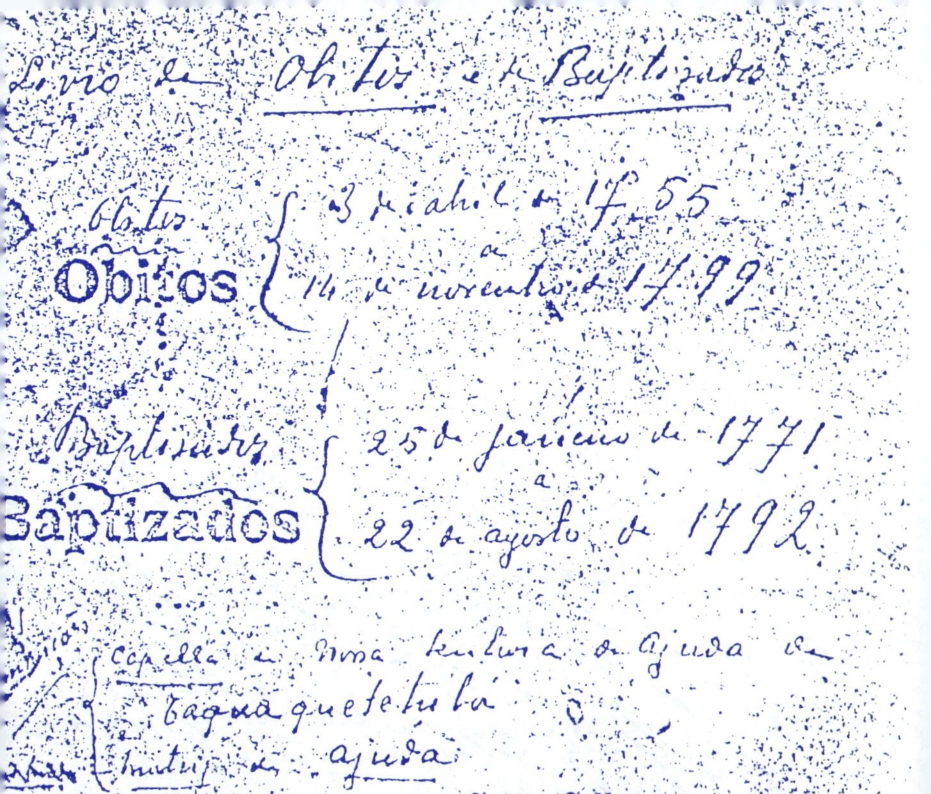
Livro de Obitos e de Baptizados

Obitos { 3 de abril de 1755 a 14 de novembro de 1799

Baptizados { 25 de janeiro de 1771 a 22 de agosto de 1792

Capella de Nossa Senhora da Ajuda de Taquaquecetuba

ajuda

Salles Collet

Archivista

Nº 1

Documentos de 1755 e 1761. Controle de nascimento e morte, feito pelos padres, na igreja Nossa Senhora da Ajuda. Nota-se nitidamente que a aldeia era conhecida como Taquaquecetuba. Não haviam ainda acrescentado o "I" inicial.

Este livro que serve dos asentos dos defuntos da Aldea de N. Snrª da Ajuda vai por mim numerado e rubricado com a minha custumada rubrica = Seyxas = e no fim leva o termo de encerramento. Aldea de N. Snrª da Ajuda em vizitª 6 de 8bro 1761.

V. L.do o D.or Luiz Seyxas Seyxas

De fl. 42 por diante se acham os defuntos [illegible]

(O chapelão e a bota de sete léguas dos bandeirantes que cito neste livro, são as mesmas que aparecem nas gravuras escolares, mas na verdade formavam trajes domingueiros. No dia-a-dia da mata quente e fechada, eles usavam apenas rústicas botinas, calça, camisa e quando muito um lenço na cabeça. Assim como no monumento das Bandeiras do Parque Ibirapuera, em São Paulo, que representa bandeirantes galgando uma rampa e arrastando batelão, o artista Victor Brecheret colocou ali imponentes cavalos, apenas para dar mais massa e valor à obra. Os bandeirantes andavam a pé, viajavam em barcos, de vez em quando, mas nunca usavam esses animais).

As rãs faziam infernal barulho acompanhadas do coro fraco dos grilos. E a cobra boipeva procurava a direção do cupim sob o sol que mergulhava sua luz na verdolenga e compacta mata dos altivos buritis. Touceiras de bacabas, tucuns, e outras palmeiras esguias, enfeitavam como jardim. Majestosos troncos de jatobás, aroeiras e tamburis, coando a luz, deixavam passar poucos raios atingindo o solo. Que ainda tinham de atravessar o espinhoso tapume dos gravatás...

O jaó, o pavi, a zabelê, e a pomba-de-espelho, prosseguiam em seus vôos, sequer imaginando o significado de extinção. Misturavam-se no ar com o beija-flor-de-orelha-azul e o beija-flor-de-gravata vermelha...

—Só não viajo com vocês, porque estou numa pindaíba que faz gosto!...

Resumiu o Motinha para dizer que estava "duro", sem dinheiro. Usando um dito que viera do tupi. **Pindá**, anzol, e **aib**, ruim. A expressão indígena servia para indicar entre os nativos, quando alguém ia mal na pescaria e não conseguia o suficiente para comer.

Comunicando aos amigos reunidos nos preparativos para viagens. Numa delas, Felipe Rojas pretendia garimpar e procurava companheiros. Dispostos a sair e montar acampamento em busca de ouro e pedras preciosas. (De valor, só conheciam esses. Na época ignoravam titânio, bauxita, rutilo, cassiterita, manganês, columbita, tântalo, sais de potássio, volfromita, nióbio, berilo, cromo e outros minérios caros e importantes).

O garimpeiro pretendia levar o básico. O "bau-de-ervas", contendo guaco, metrasto, embaúba, folhas de nogueira, raízes da bardana, quebra-pedra, unha-de-gato, folha de salgueiro, casca de cerejeira, flores-de-violeta, espinheira-santa. E outros medicamentos caseiros, contra febres e fadigas da expedição, não podiam faltar. Assim como armas e farta munição. Sal, rapadura, café, toicinho, anzol, palha e fumo em corda. Algumas ferramentas essenciais, como pás e picaretas, além de bateias e peneiras. E evidentemente, umas três mulas para carregar toda a tralha. Sem contar a proteção que teria de pedir à são Emetério.

—Lontras e ariranhas tem muito por aqui. Assim como tatu-canastra. Mas estou com saudade de ver de perto uma onça-pintada, um lobo-guará, uma preguiça-de-coleira, um tamanduá-bandeira, um cervo-do-pantanal, um cachorro-do-mato-vinagre. Guaribas, monos, calimicos, saguis-da-serra e saguis-piranga, em bandos, fazendo estrepolias nas árvores, onde pousam o pato-mergulhador, a cotinga, o creojá, a apacanim. E principalmente, rever o brilho espetacular das verdes esmeraldas! Que tanto me fascina...

Comentou em vão Felipe Rojas, pois Motinha não o acompanharia em direção das matas fechadas, que encerravam mistérios e fortunas. Desconfiava que o amigo de origem espanhola, ao invés de buscar ouro e esmeraldas, pretendia escravizar índios, desde um diálogo que tiveram. Quando Rojas, defendia o ato:

—Porque a Igreja não é contra a escravidão? Simplesmente porque a sugestão de escravizar os negros partiu de um padre. O espanhol Bartolomé de Las Casas, e a Igreja incentivou o tráfico ao colocar em discussão, por muito tempo, se o negro tinha ou não uma alma. Tudo movido por interesses, meu amigo! O maior negociante de escravos, foi um inglês chamado John Hawkins, que por vender seres humanos, chegou a ser nomeado "Cavalheiro do Reino". A rainha da Inglaterra, impressionada com os grandes lucros de seu súdito, associou-se a ele numa nova expedição. O navio que enviou chamava-se Jesus Christ...

Assim como Motinha também não faria parte da outra viagem do pessoal taquaquecetubense, rumo à civilizada São Paulo.

—Temos dois artistas para escolher...

Propôs na abertura, uma votação, Lourenço Epifânio de Taveira Centelhas, o Lô, Chefe do Cerimonial da Comissão de Taquaquecetuba. Reunião destinada, para achar quem faria a decoração da igreja de Nossa Senhora da Ajuda. Completando:

—Um é o Guini. Autor daquele quadro originalíssimo! Com certeza: o único do mundo! O pintor devia gostar tanto de melancia que colocou duas fatias da fruta bem diante de Jesus Cristo. E o quadro ficou batizado com nome de "O Cristo da Melancia". Ou então, a artista, também italiana, Lavínia Cereda.

—Quanto a esta, temos que nos cercar de todo cuidado! A mulher é temperamental...— Alertou a escritora Alícia Leal, após um gole de chá, na reunião-tertúlia-eleição, na casa do comerciante Emanuel do Canto, enquanto uns e outros recitavam e tocavam suave música, fazendo fundo. Finalizando:

—A pintora já ilustrou a passagem de Cristo em igreja de outra localidade, criando a maior confusão. Alguém lembra disso?...

O que ela tem de competência, possue de vingativa...— Testemunhou o poeta Raul Casota, a par do assunto.

Lavínia Cereda se integrara tanto na vida da localidade encumbida de decorar, participou com tanta paixão mediterrânea de todas as brigas e fofocas da cidade, que acabou se indispondo com parte da sociedade local. E resolvera, se vingar. Como represália colocou nos quadros, a parte da cidade que não lhe era simpática. Encarnando verdugos ou a canalha que judiava de Cristo.

—Transformou a via-sacra num diz-que-diz (fofoca) só. Em quatorze quadros!...— Concluiu Lourenço, o jovem Lô.

—Foi sim! Separou por sua conta a banda podre da cidade! Muitos figurões importantes apareciam de soldados romanos a espetar Jesus com a lança...— Colaborou reforçando o Javier Aguilera.

Entregue as obras, o padre aborrecido, não as pode colocar nos devidos lugares. Se assim o fizesse provocaria a maior briga "da paróquia" e provavelmente do século...

Mais do que depresa o vigário escondeu os quadros e só alguns anos depois, quando os retratados já estavam falecidos, foi que a a via-sacra reapareceu. Assim mesmo, para cobrir o teto da sacristia.

De vez em quando um gozador levava amigo para ver o quadro e apontava um vilão qualquer:

—Olha o teu avô, ali...

Cessara o vôo do gavião-de-penacho. Os primeiros sinais da noite tomavam conta da humilde aldeia. O pisca-pisca dos vagalumes pontilhavam como fantasmas rondando a colina afastada e deserta, cercada de sombrias matas de marapuamas e jaborandis. De igaranas e sapucaias.

Imersa em sombras, onde o único sinal de vida era o cri-cri de grilos nos alecrins e guaiçaras, e o coaxar dos sapos em lagos e lagoas, próximos das agitadas águas do Anhembi. Moradia de surubins, pacus, dourados, corimbatás. Do cascudo e da piava. Tortuoso caminho do dorso cinza-esverdeado do ligeiro piavuçu.

Alguns homens que iam vasculhar os ribeirões Una e Tipóia atrás de fortuna, comentavam entre si suas crendices e superstições. Sonhar com mulher bonita, canoa subindo o rio, pobreza, imundície, equivalia a excelente sorte para o trabalho de garimpagem. Ao contrário, sonhar com riqueza, canoa descendo o rio e diamante, resultava em mau agouro...

Outra crendice muito popular entre eles, era a que se referia ao "batismo" da pedra encontrada. Imediatamente o garimpeiro a colocava na boca, proferia os maiores palavrões e as ofensas mais torpes possíveis, afim de quebrar o "encantamento". Isso em razão da fábula de que o diamante não gostava de ser retirado do seu pouso e que sem o "batismo", ele saltava novamente para a água e ninguém mais tornaria a achá-lo...

E finalmente perdurava a prática de péssima higiene, que vingava entre quase todos os procuradores de fortuna nas águas: cuspir e urinar sobre o cascalho que iam lavrar. Afirmavam que era para "chamar" o ouro ou o diamante...

A vila de Taquaquecetuba, era restrita. Minúscula e quase todos vivendo em torno de uma única praça, nos sobradinhos de taipa e poucas casinholas coberta de palhas, últimos resquícios das ocas indígenas. O dia seguinte foi mais que suficiente para se saber de tudo...

A dona do carroção de espetáculos, a graciosa loirinha francesa, carinhosamente chamada de Vendra, a Vendramini, estrela da companhia de dramas populares, compareceu na taverna Del-Rey. Convidada a chegar na mesa dos amigos "Pires" e "Camargo", sentara-se ao lado de Lô, e interessou-se profundamente por ele. Loucura à primeira vista, a ponto de perdidamente apaixonada, querer levá-lo da cidade. Chegando mesmo, encorajada talvez pelos enebriantes vapores alcoólicos do bom e puro vinho português, a fazer o convite na frente dos presentes...

A franca e desembaraçada francesinha até discursou, entre um comentário e outro, sobre o antigo problema. A malígna nuvem que pairava sobre a cabeça de todos:

—Absurda selvagem é essa "guerra de irmãos"; ainda mais todos tão jovens e belos como o Lô...

E levantando a taça de vinho propôs um brinde:

—Peço a Deus, que cesse todo o ódio aceso sobre essas duas grandes famílias de Piratininga: Pires e Camargo. E que acaba atingindo as adjacências, numa luta sem fronteiras...

—Será impossível contê-la. Pelo menos por enquanto.

Opinou um dos frequentadores da taberna, punhal escondido nas costas...

Se todos souberam da novidade, era evidente que a manda-chuva da aldeia, dona Nena, também ficara a par da situação. Foi quanto bastou para sismar com a garota independente e muito arrojada para seu tempo. Alegando ser o espetáculo que Vendra iria apresentar, "A pochettezinha de mademoiselle Vendramini", inconveniente. De muito mau gosto e baixo nível. Não ia permitiu sua apresentação.

— **Por Dios**, chula até no **nombre**...

Sem motivo algum: **pochette** em francês significava bolsinho ou pequena rede em forma de saco. E **mademoiselle**, senhorita. Não consultou ninguém, mas definitivamente, estava cancelada a estréia. Ainda mais quando dona Nena soube ser a peça, uma espécie de "Romeu e Julieta", interpretada pelo grupo mambembe. Logo ali, onde não era segredo para ninguém o amor de Lourenço Epifânio de Taveira Centelhas, moreno bonito, alto, forte, simpático, filho e neto de bandeirantes e descendente de portugueses, por Lérida Valeron, rica, educada, pura, prendada e caseira, fina flor da gente de Castela e Aragão. Romance interrompido por racismo...

Mas afinal quem mandava na Capela? Como o mais rico da vila, o marido, Ariel Ardiles Roiz de Aragão y Castela, era um fidalgo espanhol, velho e enfraquecido, vitimado pelo impaludismo (malária), mais preocupado em encher a algibeira com o comércio de pau-brasil e promoção de suas cavalhadas por ali e Vale do Paraíba, o comando ficava mesmo com a esposa também de raça hispânica. Sangue escaldando ao sol dos trópicos.

E foi com tal espírito, como uma reencarnação do bravo El Cid frente aos mouros, que se apresentou. Tronchuda silhueta: botas, sáia forrada de cetim, rodada e rendilhada, pente sevilhano de marfim lavrado, enfiado na cabeça, por cima do véu negro. Misturando jóias finas com argolas e cruzes, no pescoço, orelhas e colo.

Abanando-se com leque importado, desceu do coche de quatro rodas, puxado por cavalos árabes ricamente emplumados. Empetecada ao extremo, portava como cinto, bem trabalhada guaiaca de couro cru. Apoiando trabuco de um lado, e punhal toledano do outro.

Chegou-se ao rústico carroção estacionado no Beco do Inferno com a Rua do Cotovelo, frente a frente com a estrela Vendramini, tranças loiras, vestido de veludo roxo, bem decotado, deixando à mostra busto generoso. Farto, alvíssimo e bem torneado. Faixa verde apertando a cintura e dando destaque ao quadril bem proporcionado:

—**Soy**, Vicentina Artíbia Roiz de Aragão, e **usted** quem é?

Disse e perguntou com altivez, estufando o peito, num estranho linguajar hispano-português.

—Vendra. Por que?

Obteve como resposta seca, curta e interrogação ao mesmo tempo.

—**No puedes mas** ficar.

—Mas por que? Insistiu a loirinha surpresa, olhos vivos e arregalados, que a tornavam mais graciosa. Levantou o arrebitado narizinho mimoso e abriu a boca sensual, deixando escapar o sotaque francês na pronúncia dos erres.

—**Por acá**, só juntamos gente em procissão e como divertimento temos Dança da Santa Cruz e Cavalhada, já bastam! Seu espetáculo **non es** dígno, **y yo no tengo que dar mas satisfacion...**

A pequena loirinha estrangeira não se intimidou. Pulou para frente com agilidade felina:

—Ah, tem sim senhora! Atreve-se a me provocar e pensa que vai embora sem levar troco? Como sabe se o que vou apresentar ao público, é dígno ou não, se ainda não assistiu? Sou uma estrela internacional e exijo respeito!

—Que **respecho**, o que! Tome tento sua bisca, não pode ficar na vila, e está acabado!

—Conheço canalha pelo cheiro!...Além do que, sua fama de ser carrasca, uma peste para a própria filha, já extrapolou fronteiras! Mãe-megera, vai cuidar de sua cria que está a mercê de mãos créis e atrasadas!...

—Vou lhe dar uma coça, garnizé miserável e ordinária, pelo atrevimento!...

—Vê lá como fala comigo, sua caipira mestiça! Atrevida galega de merda!...

A ofensa estrondou, como o ribombar de um trovão, dentro da cabeça da caudilha.

—Reles! Não sou da sua laia! **Voy a** matar **usted**, por essa ofensa, **perra** do inferno!...

— Mata o que! Sua mameluca! (filha de índio com branca) atrasada!...

—Atriz rameira! Mundana, ratazana e quadrilheira francesa!...

—Cariboca (mestiça de sangue europeu e de índio) boçaloide!...

—**Usted es tres** numa só: bruaca, meretriz e marafona!...

—E você quatro: rongó, zabaneira, frincha e fubana!...

—Sacripanta! Biscate!...

—Muruxaba, quenga, zoina...

—Chamem os armeiros e seus trabucos!...

O bate-boca levado depressa pelo bugrinho "Serelepe", camisa aberta no peito, suor descendo-lhe pelo rosto pardo, como um escuro beija-flor desviando ligeiro de carros de boi chiandos nas rodas (ainda passavam carvão para aumentar o barulho infernal), atravessando ladeiras e atalhos chegou até o Beco da Cachaça. Local dominado por terrível cheiro de urina; gente dormindo em esteira, vadiando em silêncio. E cheio de baus, enormes cestos atulhados até a boca, de produtos sertanejos. No seu contar, entre três goles de vinho-de-mel, o engalfinhamento das duas feras femininas, tinha se transformado em algo muito mais sinistro:

—É briga feia de "Pires" e "Camargo"! Parece que já saiu tiros e facadas! Corram logo e levem espadas e bacamartes!...

Os bugres, que descarregavam os carros de boi, no Beco do Mata-Fome, por entre grãos de milho espalhados pelo chão, cascas de banana, amontoaram às pressas, como puderam, tabaco e açucar. Jacás com requeijões e rapaduras. Caixotes, redes, fardos de panos de algodão, peças de carne de porco, peixes salgados, gamelas, lamparinas. Jogando até de qualquer jeito o tão importante e procurado sal ("ouro-branco", da época), no meio do trigo e outros cereais, que armazenavam...

—Vamos pela Rua do Pelourinho que chegamos mais rápido!

Disse um deles, chapéu-grande, trombeteando. Assoprava enorme chifre de boi, tirado do sapiquá da garupa do tordilho, fazendo infernal barulho. Enquanto "Serelepe" já atravessava a praça, amassando o pedaço de bolo-de-milho na mão, gritando ao coroinha auxiliar do padre:

—Veja vosmecê, é a eterna luta de "portuga" e "castelhano", é a guerra! Castiga o bronze! Meta o bimbalho, rápido!...

O sino da igreja, no "Jardim", repicou o badalar e estrondos de rojões completaram...

O "maria-leque" já havia se recolhido, no tronco da angélica. Apelido carinhoso dado ao papa-mosca, pássaro raro da família do bem-te-vi, que agitava-se num vai e vem balançando o leque da cabeça.

Garimpeiros preparavam-se para vasculhar "monchões" (explorações nos veios de terreno seco), "grupiaras" (nas encostas das barrancas do rio) ou nos travessões e rasos dos cursos de água. Observavam a situação do lugar, sob o ponto de vista de ser depósito favorável às gemas procuradas. De pequenos diamantes, a grandes esmeraldas ou pepitas de ouro.

Conferiam atentamente se no leito dos ribeirões, constituiam configurações propícias; poços, os caldeirões cavados nas lajes e aluviões, juntados pelos "jogos da água". Algum indício confirmando fortuna à vista. A continuação de uma exploração de gemas, dependia da aparência do cascalho, da apresentação das suas "formas" ou "informações". E no seco, seguindo os traçados naturais das erosões, a que chamavam "derramamentos"...

O ratão-do-banhado fugindo dos espinhos da japecanga, e daqueles homens, procurava melhor lugar dirigindo-se as matas de sucupiras, paus-pombos e maçarandubas.

Entre o anoitecer e a madrugada, no espocar de foguetórios comemorando e cães ganindo, o cocheiro, depois de um gole de café ralo adoçado com rapadura, tirou o maço de palhas da algibeira. Abaixando-se no chão, de cócoras, pensativo escolheu a mais fina para o "paiero" de fumo grosso e alisou com o canivete.

Novamente de pé, o homem caminhou-se em direção ao veículo. Tomou as rédeas, deu duas longas tragadas e estalou o chicote movimentando os cavalos.

—Bah!...

O carroção de espetáculos, fechado como enorme caixa, onde todos dormiam e guardavam as tralhas, deixava o Beco da Cadeia. Atravessara a Ponta do Sapateiro, seguiu rumo a Rua da Cruz Preta, atingindo a praça, o "Jardim", desceu a ladeira sob uma nuvem de pó...

Escoltado por homens a cavalo portanto arcabuzes.

Pela janela do sobrado, através das telas do **mucharabieh** a voz pastosa da mulher rubra de cólera, se fez presente:

—A cadela sirigaita, **se vá**...

Ouviu-se alguém gritar da praça:

—Abaixo a maldita castelhana!...

A francezinha que pensava estar discutindo apenas com a matrona dona Nena, na verdade enfrentava a caudilha Vicentina Artíbia, esposa do fidalgo Ariel Ardiles Roiz de Aragão y Castela. E se dera mal...

Cabeça enfaixada, marca de coronhada de trabuco na cabeça e corte de faca sevilhana em um dos braços bem delineados, Vendra, a intérprete de "A pochetezinha de mademoiselle Vendramini" — "A poche", para simplificar, deixara de ser estrela, sem nunca ter sido em Taquaquecetuba.

Fim melancólico teve a atriz que ousou desafiar, quem dava as cartas na vila da Capela. Nem chegara a estrear...

Pela manhã já bem clara, quando todos pensavam que a vida ia prosseguir sem problema com a saida do pessoal de espetáculos, nova agitação. O brugrinho "Serelepe" (sabia de tudo que se passava, parecia nunca dormir) chegou gritando (como sempre) dizendo ter visto no escuro, daquela madrugada, um vulto de mulher, envolto em comprida capa, descer rápido a ladeira rumo ao rio.

—Pela pressa, acho que ia se afogar na águas do Anhembi...

Resumiu o moleque como de costume, contando o que vira e descrevendo o porque.

A notícia subiu as escadaria do sobrado da castelhana como um tufão. E a primeira reação de dona Nena foi entrar no quarto da filha, a fim de conferir. Como sempre, ela deveria estar imóvel e serena a contemplar paredes encardidas pelo tempo. Conformada com seu destino cruel de prisioneira no próprio lar, não mais lutava contra a incompreensão e a injustiça paternas.

Lérida Valeron estava cansada de ouvir:

—**Muchacha**, ou fica em casa, sem nunca sair ou vai para o Convento da Guanabara!....

Fantasma de toda jovem da vila. Representava prisão perpétua, a morte lenta...

E eis a surpresa. A jovem não estava no quarto. Nem no banheiro, na casa inteira. Tudo foi revirado pela castelhana cruel e nada da filha...

O rio foi vasculhado por mergulhadores ribeirinhos. Todos os bons nadadores que residiam nas beiradas, foram mobilizados. Quanto aos estradeiros, perderam algum tempo recrutando o pessoal que já estava a caminho de uma nova cavalhada distante. Mesmo assim, dona Nena conseguiu arrebanhar quarenta e oito deles. Cavaleiros armados que se puseram nas estradas. Sairam em grupos, por todos os lados, a procura de Lérida Valeron. Assim como barqueiros, para cima e para baixo.

Uns cavaleiros regressaram no dia seguinte. Outros, além de três ou quatro dias, depois de incessantes buscas, parando apenas rapidamente por tabernas e bodegas de beira de estradas, e nem sinal da "prisioneira do lar".

Novas fofocas sacudiram a vila da Capela, para maior desepero da caudilha castelhana. E desta vez não trazida, nem espalhada pelo pequeno bugre "Serelepe", mas por gente grande. Lourenço Epifânio de Taveira Centelhas, o Lô, também sumira misteriosamente!...

Os comentários prosseguiram, por entre "causos" do sertão. Apenas hipóteses sobre os dois desaparecimentos. Nem mesmo os mais amigos de Lô, sabiam de seu paradeiro.

—Está na cara! A bela loirinha Vendra, levou-o para viver com ela. Não fez segredo, quando o convidou nesta taberna, na frente de todos...

Opinou o poeta Raul Casota.

—Não sei, não...

Duvidou a escritora Alícia Leal.

— Finalmente fugiu com a sua amada Lérida Valeron. Acobertada pela atriz francesa. Naquele carrosão cabia tanta gente...

Arriscou o Emanuel do Canto.

—Será?...

Só disse isso e ficou a pensar, o Júlio Lorena Diniz. Sobre o amigo e a amada do amigo.

—Que fim levaram, afinal?...

Interrogou o Felipe Rojas, amigo castelhano.

—Santo Deus, como é possível uma desgraça dessas?...

Exclamou a Loren Aranzábal.

—Que coisa mais esquisita e tão cheia de mistério...

Completou Javier Aguilera.

—Bem, ele estava para decidir uma viagem próxima. Só se resolveu de imediato ir até às terras do Arujá (em tupi, morada do sapo. A população atual não gosta da tradução, assim como os frequentadores de Ipanema — nome de lugar fedorento, também não), aquela pequena povoação pertencente a nossa vila, caminho para quem vai a Santa Isabel. São terras do José de Carvalho Pinto, abrangendo até a capela ao Senhor Bom Jesus, que está passando para seu irmão o capitão João de Carvalho Pinto, amigo do Lô...

Voltou a falar o Felipe Rojas.

—Mas sem avisar ninguém? Não pode ser...

Desfez no ato Javier Aguilera.

Motinha pedindo mais frango e vinho ao taberneiro, tentando refrear a fome irrefreável, resumiu rapidamente, sobre a moça:

—Um vulto em passadas rápidas furando a bruma? Com certeza era a infeliz da Lérida Valeron! Morreu afogada, a pobrezinha! Pondo fim ao seu desespero e sofrimento no rico solar...

Tanto na taverna Del-Rey, quanto nos pontos de encontros populares, como "Beco do Mata-Fome", "ao pé do Cruzeiro", "Início da Ladeira", "pegado ao Alcaide", "da Cruz de São Bento para baixo", "Beco da Cachaça", "a par do Provedor", o assunto, o mesmo...

Foi encomendada uma missa na igreja de Nossa Senhora da Ajuda, pedindo solução para o misterioso desaparecimento das duas importantes figuras locais. Como a maior parte da população (paulista em geral) falava **nheengatu** — a lingua tupi — assim foi puxada pelo padre. Todos cantavam os versos de Anchieta dedicados à Virgem:

Ó Virgem Maria,
Tupã cy êté,
Aba pe ara pora,
Oicó endê yabé!

Ó **Piratininguáras!**
Tupã omogaraíba!...

Em frente a igreja, no "Jardim" (como já denominavam a atual praça João Álvares, naquele tempo), uma furiosa bacamartada ribombou mesclando-se ao soluçar do sino. Espantando sanhaços e tuins, das figueiras e buritis.

Em seguida, a multidão silenciosa, pais desolados na frente, levando a Santa entre rezas e lágrimas, desceu a ladeira rumo ao amigo rio Anhembi. Caminho, guia sereno e generoso, de águas profundas, mas também portador de tantos segredos. Onde no "Porto dos Barcos", foi prestada a derradeira homenagem popular, aos dois taquaquecetubenses que tanto se amaram...

A Lé - Lérida Valeron, um dia ainda seria: Wanira. Em outra encarnação.

O Lô - Lourenço Epifânio de Taveira Centelhas: Dedimar.

Dona Nena - Vicentina Artíbia Roiz de Aragão y Castela: Kátia Cylene.

Seu marido - o fidalgo Ariel Ardiles Roiz de Aragão y Castela: Alessandro.

A Vendra - atriz Vendramini: Nayara Edivilma.

A escritora - Alícia Leal: Roana.

E o poeta - Raul Casota: Janiel.

Expedição pelo Tietê em 1700. Um dos símbolos mais tradicionais da região. Rio bastante dilatado na época, com muitos e

O lendário Tietê (antigo Anhembi), um rio que fez história. Foi vítima do progresso desordenado, que não respeitou os

A COBRA E O PEITO DA POMBA -1800

Da capoeira, o macuco principiava o chamamento de recolher. O sapo-entanha anunciava a chegada da noite, quando grandes nuvens já cercavam a lua. Milhares de vagalumes iniciavam como pequenas velas acesas, a luzir aqui e acolá na escuridão.

No alto da colina desprotegida do uivo do vento a farfalhar arvoredos e despertando bandos de pássaros de brilhantes plumagens, ficava a pequena povoação da Freguesia (na época significava povoação do ponto de vista eclesiástico — conjunto de paroquianos) de Taquaquecetuba. Atravessando 1800.

(Cujo centro, concentrava-se exatamente onde hoje está a praça Padre João Álvares. Com a diferença de se achar cercada, de exuberante mata natural. Vigorosos arbustos, formando manchas multicores e perfumadas)...

O povo, que ouvia sabiás cantadores sem gaiolas e os sons metálicos do canto da araponga em liberdade — semelhantes à pancadas do ferreiro na bigorna — referia-se ao pequeno lugarejo mais como Capela. Nome devido ao fato de nela existir a capela de Nossa Senhora da Ajuda, única na extensa região entre a Penha e Mogi das Cruzes.

Assustadiças pacas, pastavam livrementes por ali. Capivaras e seus filhotes, elegantes veados campeiros e até esquivos caitetus aos bandos. Quatis e preguiças de coleira acompanhavam. E de humano, quem habitava na época? Desde 1700 até fins de 1800 (e bem antes), os documentos da igreja, que controlavam nascimentos e mortes, atestam as famílias Lima, Faria, Moraes, Dias, Paula. Um tal índio Francisco Xavier que morreu de velhice, um negro escravo, judiado, entre outros...

O aglomerado compreendia-se o centro da vila, cercado de localidades já denominadas Perová, Ribeiro, Cuiabá, Pinheirinho, Mandy, Poá, matas espessas de caviúnas e macaúbas a proteger chorões e jacutingas, como bairros, distantes. Quase inatingíveis pelos poucos moradores desprovidos de meios de locomoção...

Nesse miolo, no muro de taipa entre uma casa e outra, trepadeiras tecendo rendas caprichosas e delicados canteiros exibiam variedades de flores silvestres. Ao som do bater dos cascos dos animais misturados ao ruido de rodas de ferro triturando pequenas pedras, na terra batida que circundava o centro de caprichoso gramado, ficavam os alegres moradores descalços. Índios, caboclos, alguns escravos libertos, tanto lavradores, carreiros (condutores de carros de boi), como pescadores, que após a labuta diária, conversavam, divertiam-se fumando, bebendo, caçando ou batucando. Em volta da fogueira, ao som do maxixe tirado em violas, chocalhos, adufos e pandeiros...

Agrupados e protegidos entre si, de ataques de animais (em especial, uma ou outra onça de espécie pintada ou parda), possíveis estragos dos temporais e valendo-se da ajuda mútua. Todas as moradias davam frente para a grande praça, rodeada por troncos, folhagens, cipós e enormes raizes, cada uma com seu enorme quintal, repleto de baixas jaboticabeiras, enormes mangueiras, robustas jaqueiras e sempre plantado. Composto de roças de feijão, milho, mandioca, batata, cará, melancia, batata-doce e cebola. Hortas com legumes e hortaliças. Pomares contendo pitangas, jambos, goiabas, bananas, laranjas e outras frutas eram trocados com ovos e leite, por aqueles que possuiam uma ou duas vacas, criavam porcos, cabras e galinhas.

Do aglomerado de casas de pau-a-pique no alto, a população no frescor da manhã e também no cair da tarde, descia por várias picadas floridas, rumo ao rio abundante de peixes, cercado de garças, bandos de alegres macacos-guaribas assobiando e brincando, pulando de árvore em árvore no labirinto de cipós a se cruzarem.

Ou pela ladeira íngreme, ladeadas por caobas e paus-santos, onde agitavam-se alegres bugios, no espaço entre o rio e a colina, para o banho diário (homens e crianças) ou dedicar-se a pesca afim de complementar a alimentação. Caboclos e alguns bugres, felizes, por entre mutuns, jacus e pomba-rolas, afastados dos males dos poderosos e da miséria geral da cativa gente negra — os escravos...

Poucas coisas completavam a felicidade daquelas pessoas descalças que dificilmente iam ao boticário: o oratório, os remédios feitos da jacuacanga e do tarumãzeiro, entre outros vegetais curadores, a peneira onde preparavam a tapioca e o beiju, a enxada e a foice, o baralho, um pouco de tecido grosso e chita. A espingarda de carregar pela boca, pólvora e chumbo. Anzóis (linhas faziam da palma da palmeira), boa talagada de cachaça, refresco de graviola, rolo de fumo, sal e açucar. Só...

(Felizes sem água encanada; enchiam os potes diretamente na fonte. Sem botijão de gás, geladeira, avião, telefone, cinema, automóvel, televisão, computador...)

Fora da vila, isolados, ficavam apenas os ricos senhores. Coronéis latifundiários, em suas matas espessas de marupás e mongubeiras, isoladas. Desertas de gente. Suas vidas tristes e enfadonhas. Sem festas nem diversões dos agrupamentos inferiores. Donos das terras a perder de vista. Léguas e léguas de imensos canaviais e plantações de algodão. Intermináveis roças de milho, amplos terreiros de café e grandes depósitos cuidadosamente tratados. Matas naturais de caobas, paus-santo, cedros, entremeados de nascentes, córregos, ribeirões e lagoas...

A capela particular, alambiques e depósitos contendo pipas com cachaça, fábricas de farinha de mandioca, moinhos para fazer fubá de milho, currais, pequenas vivendas rurais para o pessoal branco de apoio tais como capatazes, capitães-de-mato. Tocadores de tropas, seleiros, ferreiros — em geral mulatos libertos, que cuidavam da tropa de burros e mulas de carga, curavam animais doentes e tratavam das ferraduras. As casas grandes e as senzalas, ranchos de sapê, casebres com ripas amarradas por cipós e rebocadas com barro, repletas de escravos.

A casa senhorial sempre levantada com paredes largas e altas, no estilo colonial; varanda coberta de trepadeiras. Em local mais vistoso, com jardins perfumados. Jasmineiros, roseiras, dálias, brincos-de-princesa, envoltos em arvoredos como imponentes ipês, jacarandás e paineiras, onde suas janelas permaneciam sempre fechadas. Esposa e filha trancadas dentro. Estudando francês e aprendendo a bordar. Tranquila rotina, só interrompida quando pegavam o veículo de tração animal: a carruagem, para o acontecimento semanal: ir na missa de domingo.

Brancos descansavam a toda hora em redes, na sombra dos alpendres. Negros, apenas uma vez ao dia, no anoitecer, largando o corpo cansado sobre couros de boi estendidos no chão úmido...

Bem afastado daquele local, o marcado leilão de escravo, de Taquaquecetuba, iria iniciar-se. Na "Praça" ou "Jardim", como já chamavam o centro.

E os negros estavam por toda parte, sem contar evidentemente os fugidos no mato. Havia diversos tipos de escravos. De propriedade do senhor ou alugados. Empregados no eito ou no serviço doméstico. E existia até, os escravos "ao ganho" — aqueles que o senhor punha a realizar determinado serviço para fazer algum dinheiro. Assim, havia escravas, que tanto podiam vender quitutes como prostituir-se, para proveito de seu senhor ou senhora...

Alguns libertos carregavam cadeirinhas onde os brancos iam sentados, baus, caixas e sacas de café. Outros vendiam água, comida, panelas, miçangas e badulaques. Transportavam embrulhos — homem branco de posse, se recusava a levar o mais ínfimo pacote. E havia até negro aplicador de sanguessugas...

Na África, árabes e negros é que caçavam e repassavam aos brancos. Ali, a escravidão era um costume penal. Os traficantes descobriram isso, pagavam a dívida do negro, e compravam-no. O negro, que era escravo do próprio negro, passava a ser escravo do branco, que o levava para onde quisesse, e o revendia...

Pelos becos e vielas, no centro da vila da Capela, escravos carregavam depressa, barris com dejetos produzidos nas casas. Como uma procissão de negros apressados, fora do horário, desciam escorregando na "Ladeira do Quebra-Bunda" e iam jogar no rio...

Todos em seus postos, marcadores giravam penas de galinha no papel, para as devidas anotações. Na praça principal (sempre ela, eternamente ela, o "Jardim") os sinos repicavam chamando interessados endinheirados. Alguns, jogavam dadinhos, balançando insistentemente a caneca, indiferente ao destino daquela gente.

Sob toldos de palha, armados de improviso, negros, índios e mestiços, aguardavam a chamada. Farrapos de gente em exposição no bazar de carne humana. Alguns de olhares duros e fixos para o tablado armado, onde ia ser jogado seu rumo. Outros, aos pares, indiferentes, dançavam o lundu, como festejando a mudança. Que poderia ser da vida miserável que levavam, por outra, onde talvez alguma sinhá-dona generosa o libertasse.

Um escravo, de acordo com a lei, podia ser objeto de compra, venda, empréstimo, doação, penhor, sequestro, transmissão por herança, embargo, depósito, arremate, como qualquer mercadoria. Só virando gente, quando cometia um crime. Aí, era punido com os rigores da lei. E o curioso, era que gente pobre também tinha escravo. Uma mercadoria barata. Mesmo ex-escravos tinham escravos, e havia até casos de escravos que possuiam escravos...

Comércio muitas vezes transformado em puro escambo. Não entrando dinheiro, só mercadoria. Os negros eram trocados com qualquer coisa: armas de fogo e fardos de tecidos, sacas de feijão e arroz, farinha, carne-seca, pipas de aguardente, alqueires de sal, caixas contendo navalhas, espelhos e facas. E até rolos de fumo....

O leilão de escravos continuava como um festival macabro, onde havia de tudo, num torvelinho de gente de todas as raças e feitios. Apoiados em balcões, sentados sobre caixotes, barris e sacarias. Brasileiros, portugueses e espanhóis, compradores. Índios e africanos, comprados. Palavrões e gargalhadas. Réplicas, resmungos, discussões e ameaças As violas ponteavam baixinho canções regionais e toadas nostálgicas. Vozes roucas garganteavam modinhas, em doridas trovas de amor:

Senhores, venho a pedido,
Recantar nesta função.
Não sei se é canto ou gemido,
Que me sai do coração...

Só sei que as águas correndo,
E as andorinhas no ar,
Ouvindo um pobre sofrendo,
Vão longe as magoas contar...

Também queria que a viola,
Dissesse à ingrata que adoro,
Que um canto não me consola.
—-Que sorrindo eu sempre choro.

Um grupo devorava vorazmente bananas e bolinhos de arroz. E tudo mais que punham na frente. Um recurso muito comum nessas ocasiões. O da "engorda". Usado por negreiros, para fazer o escravo pesar mais...

Fidalgos, fazendeiros, coronéis, firmando o chicote no pulso, mostravam-se dispostos a barganhar éguas com escravas. E suas damas tomando canja-rala e chá-com-vinho (preocupadas com quebranto e mau-olhado provocados por olhares dos escravos), examinando a mercadoria exposta. Externando opiniões, enquanto a cachorrada alvoroçada ia latindo.

E as vozes saindo surdas, insensíveis e sombrias, como se viessem das profundezas de um abismo.

—Quer fugir? Desce o chanfalho no lombo!...

—Dó dessa gente? Cada um cumpre o seu destino!...

—Cadeia aqui é coqueiro! Amarre o negro...

—Corja!...

—Arre, diacho! Tome tento, o índio vai escapar!...

—Por favor, uma cuia de água...

—Ara! Deixe de bestagem! Cuidado com a bugraiada...

—Coisa-à-toa!...

—Gente excomungada...

Homens e mulheres do Congo e da Guiné, inconformados, com olhares de boi no matadouro, perdidos ao longe, pensavam em sua terras. Trazidos à força, suas famílias divididas, suas estruturas sociais esmagadas, suas línguas suprimidas, — para trabalhar, sem recompensa. Em benefício apenas de seus opressores...

Os bugres, eternamente rebeldes, atentos olhavam de um lado a outro à espera de uma oportunidade para fugir. Rostos medrosos e pálidos. Alguns, cabeça baixa catando no fundo do bornal restos de passoca, outros acendiam o "paiero" e acocoravam-se junto do tronco da ramalhuda gameleira.

Escapar? Varando cipoais e emaranhados taquaris, cortantes como pequenas facas? Enfrentando carrascais entremeado de tufos de coquinhos-de-rato e assombrações? Atravessar ilusórias barbas-de-bode, cercadas de folhas ásperas e espinhos, disfarçando atoleiros? Léguas e léguas de vastidão verde, enganadores tapetes aveludados de capim jaraguá, escondendo charcos e pântanos da morte, pelos labirintos sem fim, do sertão? Jamais...

Quando não prestavam atenção nos leiloados, parte dos representantes da sociedade local, dirigia seus olhares na direção de Leôncio Antunes Ramalhares, o mais poderoso coronel da região. Que estava acompanhado não de sua esposa dona Angélica, mas sim da mais famosa mulher de "vida alegre" de São Paulo. A italiana Lina Angeleri, cognominada de "Perla Bianca", por causa da brancura da pele e da grande beleza, dar-lhe o máximo de esplendor.

"Perla", tornou-se uma espécie de lenda em São Paulo, na época. Tinha uma rede de pensões distribuidas por várias ruas do centro. E chegou a arrendar um teatro para montar seu cabaré. Bela e luxuosa, olhar perdido no horizonte, no meio da rudeza e pobreza do ambiente de leilão de escravos, na Taquaquecetuba, não havia quem não olhasse para ela. Homens ou mulheres...

Não estaria ali uma mulher excessivamente cara, que tinha tudo, mas no íntimo se comparava aos escravos?...

Além do **nheengatu**, a língua do povo e aquelas trazidas por europeus (portugueses e espanhóis) entravam junto com os escravos, os dialetos. Muitos ali usavam o idioma quimbundo vindo da África. O leiloeiro expunha numa mistura, onde procurava destacar-se no português:

—Um negro forte e rijo. Bons dentes, a quem interessa?

Deram-lhe tapas na barriga e nas pernas e surgiu o primeiro lance. Um outro lance, e mais um, o martelo soôu, seco. E o negro logo apartado.

—Um guaianá de qualidade...

E o índio foi apresentado esperneando nas mãos dos capitães-de-mato.

—Uma formosa mulata, de raça. "Onça amansada", para forno, fogão e outras mais...

Vários interessados apalpavam as mamas e as coxas da mulher.

Uma família indígena surgiu como o próximo lance.

—Um lote de valor. Robusto homem, duas **cunhãs** e três **curumins**...

(A escravidão sempre representou algo de muito triste. Uma vergonha para a humanidade. Antiga, medieval. Asiática, européia, africana — quase todas as sociedades a tiveram de alguma forma. A maior migração forçada da História, começou lentamente e acompanhou a expansão européia de conquista e comércio.

Hoje calcula-se que os europeus exportaram através do Atlântico, de 10 a 15 milhões de escravos africanos. Que foram negociados, e despejados nos horrores da condição de servos perpétuos.

Esta servidão humana, no Brasil, só terminou em 1888. Os primeiros escravos africanos chegaram ao Novo Mundo em 1509. Mas foram poucos até 1530, quando Portugal, primeira nação européia a negociar com os reinos negros da África ocidental, começou a mandar escravos para as plantações de cana-de-açucar no Brasil.

Arrancados às famílias, acorrentados e levados a pé até o litoral, amontoados como bichos, em barracões para o embarque, a degradação dos cativos parecia nunca ter fim. O sofrimento da travessia era imenso. Ficavam semanas, meses, acorrentados em porões de navios, lado a lado com doentes agonizantes sem saber que destino teriam)...

Enquanto que afastado daquele ambiente trágico, onde se comercializava seres humanos como gado, na calmaria da Fazenda Retiro, ouvia-se um diálogo escondido, quase aos sussurros, por entre chás e massagens:

—Nos vemos tão pouco Purezinha e existe entre nós um amor tão forte! Deve ser ligação antiga. Você não pode esquecer o passado.

—Nosso romance é impossível, Calunga. O passado, as vezes, morre antes que a gente...

Na gritaria aflitiva do leilão, três vistosas fêmeas foram arrematadas por um só coronel: a bela e rebelde índia de nome Maíra, que ia contrariada, quase arrastada e duas africanas altas: a Kênia e a Namíbia, que resignadas acompanhavam seu comprador.

Meninos alegre, brincando no meio de tanta tristeza, traziam batatas-doce e mandiocas para assar na brasa da caieira, armada ao pé da velha perobeira. Enquanto taquaruçus estouravam esparramando fagulhas sobre eles...

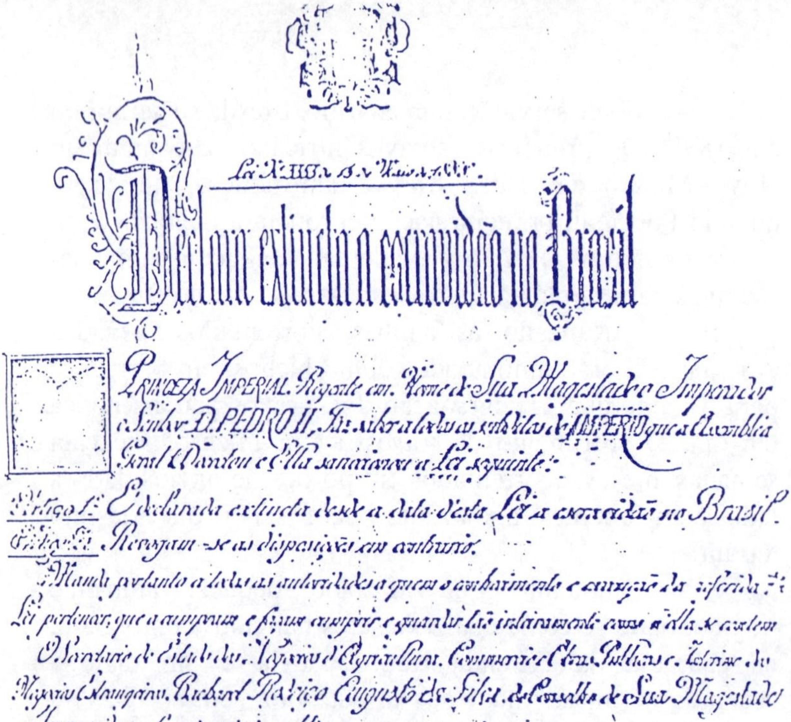

Lei N.º 3353 de 13 de Maio de 1888.

Declara extincta a escravidão no Brasil

A Princeza Imperial Regente em Nome de Sua Magestade o Imperador o Senhor D. Pedro II, Faz saber a todos os subditos do Imperio que a Assemblea Geral Decretou e Ella sanccionou a Lei seguinte:

Artigo 1.º É declarada extincta desde a data d'esta Lei a escravidão no Brasil.

Artigo 2.º Revogam-se as disposições em contrario.

Manda portanto a todas as autoridades a quem o conhecimento e execução da referida Lei pertencer, que a cumpram e façam cumprir e guardar tão inteiramente como n'ella se contém. O Secretario de Estado dos Negocios d'Agricultura, Commercio e Obras Publicas e interino dos Negocios Estrangeiros, Bacharel Rodrigo Augusto da Silva, do Conselho de Sua Magestade o Imperador, o faça imprimir, publicar e correr.

Dada no Palacio do Rio de Janeiro em 13 de Maio de 1888 – 67.º da Independencia e do Imperio.

Princeza Imperial Regente.

Rodrigo A. da Silva

Carta de Lei pela qual Vossa Alteza Imperial Manda executar o Decreto da Assemblea Geral, que Houve por bem sanccionar, declarando extincta a escravidão no Brasil, como n'ella se declara.

13 de maio de 1888. Lei extinguindo a escravidão no Brasil. Um ser humano antes dessa data, podia ser objeto de compra e venda, empréstimo, doação, penhor, transmissão por herança, embargo, depósito, arremate, como qualquer mercadoria.

Na aldeia, clareira aberta na muralha verde de florestas quase impenetráveis compostas de poderosas itaúbas, macaúbas e freijós, imperava o silêncio. O inhambu-xororó, a amargozinha e a rolinha-fogo-apagou, ainda não tinham acordado. Nem o anambé e o arapapá. Muito menos, a ararajuba preparava seu vôo por sobre as carnaúbas de palmas balançando aos ventos. Cedo ainda...

A coruja suindara mantinha seu pio tétrico. A lua cheia alvejando ainda mais a brancura da igreja Nossa Senhora da Ajuda, no alto da colina, completava o espetacular cenário, obra-prima da natureza...

A "esperança", além do formato e cor de folha, mantinha inclusive a nervura. O "bicho-pau" que a acompanhava no tronco da marupã, tinha o corpo como pedacinho de madeira marrom escuro, com finas ramificações. As pernas, imitavam a rugosidade da superfície dos gravetos.

Várias borboletas possuiam nas asas o mesmo desenho e tonalidade da casca da árvore canela onde pousavam. Lagartas imitavam galhos, mariposas simulavam, com enorme perfeição, folhas secas ou verdes, atacadas de ferrugem e até pequenas áreas roídas. Enorme era a variedade de disfarces usados por insetos, borboletas, sapos, lagartos e o fenômeno intitulava-se mimetismo. Uma forma de defesa primária...

Como o gênio da natureza é infinito, criavam-se impressionantes estratagemas, fora a camuflagem para fugir ou assustar o inimigo. Adquiriam características que infundiam pavor, como manchas em forma de grandes olhos luminosos à noite. Insetos em situação de perigo exalavam cheiro repugnante, outros cobriam o corpo com cera de odor e sabor nauseabundos, sabendo que o pássaro que os provava, jamais comeria outro igual...

A área da Freguesia era abrangente. Da mesma faziam parte as terras que hoje pertencem aos municípios de Poá, Ferraz de Vasconcelos, Suzano, Arujá e Igaratá. Apenas as terras de Santa Isabel e Mogi das Cruzes ficavam fora de Taquaquecetuba. Ou simplesmente Capela.

O dono de uma das mais extensas propriedades, a Fazenda Retiro, o abastado fazendeiro Leôncio Antunes Ramalhares (reencarnação de um dos jovens que se encontravam na Chopperia Pégaso Cintilante: o Janiel), barbas alvas e abundantes, senhor da imponente casa-grande circundada de majestosas copas de arvoredos, da qual fazia parte também a senzala do escravo Calunga (portando o espírito de outro dos rapazes do bar: Dedimar), não podia ser considerado um homem mau. Mas também não se tratava de alma lúcida e generosa. Como todos os ambiciosos coronéis da época, mostrava-se enérgico, cuidando apenas da produção que deveria ser abundante. Cada vez mais. Seu objetivo maior, como o de todos da sua área, era aumentar a fortuna.

Para o proprietário das vastas terras, lento nas ações, portador de pertinaz reumatismo (e nunca deixando de bebericar sua pinguinha), não passava de mais um dia comum. Para o escravo Calunga, valorosa alma, prisioneiro devido a cor, brilhando de suor e cercado de pequenos negrinhos de cabelo encardido, seu dia de glória. Significava a concretização de um sonho: um dia ainda morar em casa coberta com telhas. E finalmente a saída da senzala infeta, madeiramento roido por ratos, sempre visitado por nojentas baratas e carreiros de insistentes formigas esfomeadas. Marimbondos de fogo e densos enxames de mosquitos sedentos de sangue...

—Vou libertá-lo relativamente jovem, ainda bom de serviço. Antes que você se torne um preto-velho, doente e inútil, sem preço na praça. Aí nem vela para São Gustavo vai ajudar...

Comentou o reumático escravocrata coronel Ramalhares, humilhando o negro, como se o humano fosse mercadoria. Ah! Se soubesse da verdade o preconceituoso homem cheio de orgulho, vaidade e preso às diferenças sociais. Que sua filha, a clara e mimada sinhazinha de cabelos de mel, apaixonara-se pelo explorado negro Calunga, bem mais educado que os demais; não comia com as mãos e colher de latão, já usava o garfo, encontrara-se várias vezes na mata com o escravo. E que este num rasgo de coragem tinha convidado-a para fugirem juntos!...

Ah, se soubesse! Por certo, em troca daria prisão sem pão nem água e a chibata impiedosa. A ordem seria outra, dirigida ao capataz coxo, de nome Capeta (que anos depois voltaria como Alessandro), bigode grosso, rude e carrasco com os negros:

—Amarre no tronco áspero!...

Já sinhá Angélica, ficou contente:

—Calunga teve a mesma sorte do Inocêncio...

Referindo-se a um documento da época, atestando a libertação desse escravo. Uma carta de alforria de Francisca Alves de Paula, moradora no bairro de São Bento, declarando dar liberdade ao homem, filho de sua escrava, negra e solteira...

Como comentavam também na mesma freguesia de Taquaquecetuba, em outro documento (notando-se perfeitamente, que naquele tempo ainda não haviam acrescentado o "I" no início do nome), sobre uma negra chamada Ana Guiné — a cativa. E a escritura pública de venda relativa ao feito. Passada por João José de Moraes a Benedito Leite Machado, em que o primeiro vende ao segundo, uma escrava de nome Ana do Benedito

Leite Machado. Ou Ana Guiné, solteira, trinta anos de idade, natural da África. Pela quantia de (moeda corrente do Império) cento e oitenta mil réis. E no próprio documento da época, consta que a transação não foi feita em dinheiro vivo. Moraes pagou para Machado, com três cavalos ou burros...

Calunga desde pequeno fizera os serviços da casa-grande convivendo com a bonita dona Angélica. (Reencarnação de Roana). Mulher de meia idade, alta, porte elegante, cabelos longos e negros, pele aveludada, olhos grandes e volumosos seios. O que mais chamava atenção. Redondos e empinados. Desembaraçada, falante e simpática esposa do coronel Ramalhares. E sua filha, a loirinha Purezinha (espírito de Wanira), quase menina já puxando as qualidades físicas da mãe...

—Sinhazinha, vai fazer o cafuné?

Perguntou Calunga.

—Sim. E sirva meu chá, também.

Respondeu prontamente Purezinha. Significava acompanhado de sequilhos e requeijão.

Na vasta varanda cheia de sonhos, solidão, e no ruido cadenciado da cadeira de balanço, o escravo ainda tinha que cantar para a moça:

Nossa Senhora faz meia,
A linha é feita de luz;
O novelo é lua cheia,
As meias são pra Jesus...

A donzela dormia (ou fingia) enquanto os dedos ágeis do escravo, remexia a cabeleira loira e sedosa. As vezes descendo intencionalmente a mão para o pescoço, massageando-o, até alcançar o colo...

Calunga cuidava de mutuns-pinimas, jacus-guassus e jacutingas, presas em gaiolas no jardim. Assim como nos viveiros de sinhazinha, alimentava e matava a sede, de chauás, chorões, pintassilgos e tiribas...

Somente quando tornou-se rapaz, já encorpado é que o negro deixou de atiçar tições apagados na cozinha, fazer a pamonha e a faxina. Lustrar portas e janelas de jacarandá, bem entalhadas, cuidar do brilho da caleça (carruagem de quatro rodas e dois assentos) da patroazinha. Fazer linguiça de carne de porco, debulhar uma ou outra espiga de milho.

Adulto, ainda acreditava nas mais absurdas formas de lendas. Gnomos, sereias, duendes; entidades que produziam mau agouro, ninfas dominantes. Superstições de toda espécie povoavam sua mente.

Mãe-de-ouro (um passarinho amarelo que, quando canta esparrama ouro ao seu redor) caboclo-dágua, cabra-cabriola, angoera, boi-vaquim, cresce-míngua (homem pequeno que fica na porteira e quando cresce chega a atingir 8 metros de altura), cobra-norato, quibungo (engole crianças), porca-dos-sete-leitões, pisadeira (mulher grande, de saia comprida e pés redondos, que costuma sentar na boca do estômago de quem dorme de costas), pilão-de-fogo (em labaredas percorre estradas queimando os errantes).

Cabeça-de-cuia, galo-depenado (enorme galo que se apodera dos bens dos usurários), papa-figo, mãe-de-cabelo (assombra criança que urina na cama), famaleal, cumacanga, cavalo-das-almas (recolhe mortos cujas almas vão embora em sua garupa), pai-do-mato (homem com pés de cabra e urina em azul), chibamba (aparece vestido de folhas de bananeira, dançando e rodando lentamente, amedronta crianças choronas) canhambera, tibanaré...

Escravo não tinha querer. Calunga, caguncho atoa, moleque de bagaceira, foi de fornalha à moagem. Trabalhos que embruteciam rapidamente. Labutou do chiqueiro ao curral. Jogado depois para trabalhar na colheita do algodão e logo transferido para a precária olaria das matas da gameleira. Onde ficou algum tempo até conseguir sua liberdade.

Fez parte de uma fileira de escravos escolhidos, de porte físico (em especial grossura de pernas) mais ou menos igual, que faziam "telhas de coxa". Mesmo assim, jamais uma saia igual a outra. Faceta interessante do trabalho escravo. As telhas de barro eram moldadas diretamente sobre as pernas dos negros, ocasionando sempre diferenças de proporção e formato. Tal processo rudimentar não afetava a funcionabilidade dos telhados? Basta olhar desenhos da época, não havia um só telhado bem posto...

Grande quantidade de pessoas dedicavam-se a esse trabalho artesanal, sob as ordens do capataz, numa labuta de sol a sol. Pouca água e alimentação quase nenhuma. Ralo angu composto de fubá, água e pedaços de abóbora. Se quisessem algo melhor, à noite tinham que percorrer carreiros de pacas e covas de tatus nas fechadas matas de cedros e jacarandás e aprisioná-los em armadilhas. Armas, impossível tê-las.

Fugir das palhoças e dos sapesais onde ficavam? Nem pensar. As distâncias eram longas. Os negros esfarrapados e enfraquecidos não iam longe. Sem contar os doentes, mesmo os mais saudáveis tornavam-se presas fáceis de cães e do bem armado e famigerado capitão-do-mato Urutu (que mais tarde reencarnaria como Katia Cylene), terror daquelas terras. Homem violento, prepotente e covarde. De mau aspecto. Sempre mascando fumo e cuspindo. Não tomava banho. Sujo, rosto cheio de cicatrizes como um loteamento. Mais feio e assustador que o mapa do inferno...

Dona Angélica pessoalmente, detestava e temia o capitão Urutu, Não só pelas maldades praticadas por ele. O homem além de um bárbaro, era abusado, falso, hipócrita e interesseiro. Ousou um dia, passar a mão direita no seio da formosa mulher, enquanto com a esquerda acariciava a garrucha que não largava. Ela só não contou ao marido, por pena do vil empregado. Se denunciado, o coronel mandaria matá-lo no ato, a bala ou enforcando-o. O capitão-do-mato, Urutu não passava de um animal cruel e peçonhento...

Cada fazenda tinha seu capitão, que as vezes juntavam-se entre si nas perseguições, toda vez que alguém resolvesse abandonar as tarefas e se aventurar pelas matas do sem fim, regiões inóspitas, selvagens, de pau-ferro e carvalhos gigantescos. As penas aplicadas variavam, palmatória, ficar sem água e comida por dias, amarrado no tronco e chibata em cima, quando não, forca...

Na sala, Purezinha preparava a ampulheta a fim de contar o tempo que parecia nunca passar.

—Calunga, leva para o meu quarto, arroz-doce e suco de ananás. Vou esperar lá...

—Sim, sinhazinha, para já...

Poucos tinham a sorte de Calunga que ganhara a carta de alforria. Só a morte libertava a maioria dos escravos na luta do come hoje, amanhã não come. Naquele dia mais um negro morrera e nem mesmo um simples caixão, chegou para rebocar o corpo. O escravo foi na rede. A cada distância (a pé e sempre tão longas) os carregadores paravam e malhavam o defunto. Para livrá-lo dos pecados e...torná-lo mais leve. Segundo crença da época. Nem na morte, escravos e fazendeiros tinham algo em comum...

Havia outra maneira de enterrar toda pessoa de poder aquisitivo baixo: o "caixão de Santo Antônio". Uma caixa coletiva emprestada, de madeira maciça onde cabiam pessoas grandes ou pequenas. Gordas ou magras. Geralmente colocavam dentro o lençol do falecido e enfeitavam com flores. Transportavam o morto e ao final, despejavam o corpo na vala. O caixão voltava para a pequena capela do cemitério, onde ficava encostado à espera da próxima ocupação...

Novos corpos negros inertes passavam, e desta vez jogados no carroção, rumo ao "Cemitério dos Escravos". Dois carvoeiros e um aguadeiro. Urubus tocaiando em cima. Qual o motivo da morte: doença ou enforcamento? Jamais saberiam...

—Cruz credo...

Pronunciou a preta velha franzina, que apanhava gravetos para o fogo, ao vê-los passar, com dificuldade. Ajoelhou-se frente a uma cruz de pau e com lágrimas silenciosas, imediatamente iniciou compenetrada reza para são Martinho. Minutos depois, com voz trêmula e compassada ainda murmurava a interminável oração. A seu lado um negrinho pelado e barrigudo brincava com boizinho de xuxu. De seu pescoço descia uma figa de pau. Do nariz e boca, escorriam ranho e baba que se misturavam...

Como fato corriqueiro, a passagem dos corpos não despertou a atenção do fazendeiro Leôncio Antunes Ramalhares, que prosseguia dando ordens agitadamente. Seu estado de espírito oscilava entre melancolia depressiva e uma irritação nervosa, que o tornava impaciente com tudo e com todos.

Não confiava em ninguém e nem em si mesmo. Bufando, narinas escancaradas, tirou do bolso um papel, acercou-se de seu auxiliar, dando uma ordem que, esquecido, já havia dado antes. Nada urgente. Apenas encontro com os amigos para costumeiras bebedeiras.

—Mande avisar o compadre Adermo Pitombo para que compareça na reunião. Temos interesses em comum para discutir. Também o coronel Sizenando Crisóstomo, o Quinzinho Pantoja e o Reduardo Ramos Sicupira. O traste do Hermenegirdo Mangabão; aquele mascavo "Filho da Roda", eu mesmo já convidei.

O homem assim era chamado, devido ao seu nascimento. Quando uma pessoa branca importante, tinha um filho com negra (geralmente escrava) e não queria, levava o bebê para uma pequena abertura no muro dos conventos, na forma de roda. Uma vez ali colocado, era só girar e a criança passava para o outro lado, sem que ninguém visse quem a deixara. Daquela data em diante, as freiras passavam a cuidar dela...

Mas o chefão dos coronéis, Ramalhares, não gostava de Hermenegirdo, por outro motivo. Comentavam, que o segundo matara a esposa, porque ela gostava do primeiro. Logo a sofredora dona Camélia (Nayara Edivilma, em outra vida), frágil e caseira. Com marido tão ciumento, que quando se ausentava, colocava a mulher dentro de um poço e puxava a escada. No "Buraco", havia uma cobertura de sapê para livrá-la, pelo menos um pouco, de chuva e calor. Ali a prisioneira ficava com água e alimento para uns dias. Costume muito comum na época...

Um sol de rachar mamona. O capenga Capeta sonolento resmungou algo indecifrável. Para si mesmo e bem baixo. Não se atreveria, jamais, contrariar o patrão. Mesmo a contra gosto teria que sair.

E coitado daquele que não atendesse o convite! Como o mais rico e importante da região, o marido de dona Angélica e pai da Purezinha, manobrava todos de acordo com seus interesses. Trazia autoridades e o restante dos latifundiários coronéis, no pio, como inhambus...

Nervoso e agressivo, as palavras da boca cheia de desaforos, eram dirigidas aos gritos e como cachoeiras, em direção do torto e manco capataz encostado no mourão, que jogando o cigarro de palha fora, em sinal de respeito, cuspiu um fiapo de fumo. Já demorara muito para partir.

O homem rude e lerdo Capeta, talvez com o pensamento distante, pareceu acordar sobressaltado com o barulho das ordens proferidas aos montes em vozeirão atordoador. Entender mais de uma frase era problema. Bocejou, tossiu forte e escarrou grosso, quase acertando a calça do patrão.

Levou violento pontapé de bota lustrosa e desviou-se a tempo. Trombando no impulso com o tronco da embaúba de folhagem prateada...

—Tá dormindo em pé, peste!...

Sol quente e cigarra chiando na mata, onde jaó piava e o lobo-guará uivava ao longe. O cão sonolento saiu roncando debaixo da carreta e foi verificar o porque do barulho, da bronca do patrão. As batidas do monjolo ao longe foram sufocadas pelas palavras aflitas de dona Angélica.

A esposa do coronel chegara de súbito, cabelo esvoaçante, pálida, apelando para são Bartolomeu e com notícia preocupante. A filha deles, a Purezinha, tinha saído sozinha para uma volta não de trole mas a cavalo, nas primeiras horas da manhã e estava demorando. Mais do que o acostumado.

A visita surpreendeu a todos. Não era hábito a esposa do coronel abandonar o lar assim de repente e sozinha. O manquitola capataz Capeta, quando viu a mulher chegar de sopetão, envergonhado, baixou os olhos em sinal de respeito. O capitão-do-mato, Urutu, reagiu ao contrário. Aquilo não era uma serpente traiçoeira comum, era uma cobra urutu-coatiara, a espreita em touceira de capim-gordura. Jogou fora o pedaço de melancia que comia, cuspiu os caroços e limpou a boca com a manga da camisa. Passou a mão na garrucha enfiada na cinta e abusadamente levantou os olhos em direção dos seios da mulher. Sorrindo sem ser mandado....

A mulher fingiu que não notara. Só uma coisa interessava no momento. Temia que algo poderia ter acontecido durante o passeio da filha. Até descrevia para o marido as cenas perigosas. Um assalto por escravo fugidio, ataque de onça, simples queda, proveniente de disparo de animal assustado com alguma cobra no caminho....

De fato, a jovem saiu disposta a percorrer perigosas matas de copados tamarineiros, compostas de regiões pantanosas de ilusórios aguapês floridos, atalhos com árvores seculares escondendo perigosas grotas profundas. Um passo em falso do animal e poderiam rolar junto no despinhadeiro.

O melancólico e apático coronel Leôncio Antunes Ramalhares, que conhecia todos os sítios e fazendas da região, não titubeou. Dono de palavras de mando. Batendo o chicote na perneira, encarquilhou mais o rosto amarfanhado. O primeiro homem que passava, numa tropa carregada de canastras de café, montado numa mula, portando dois alforges suspensos dos canjos da cangalha, ele destinou à missão de busca e salvamento.

Carga desfeita do lombo do animal, ambos, peão e mula beberam um pouco de água e partiram rumo à nova missão, em direção dos canaviais amarelados, atrás da mocinha. O liberto Calunga, ar preocupado, olhar compadecido, chegou de sopetão e solicitou licença; queria auxiliar também na procura. Única forma encontrada para agradecer sua libertação.

O ex-moleque de bagaceira saiu a pé, por sobre pedras e espinhos. Apenas saco de couro a tiracolo e um cajado. Não a fim de apoiar o corpo que ainda era jovem. Mas, se preciso, ser usado como arma, proteger-se numa eventualidade. Duas ou três laranjas apanhadas com autorização, pedindo licença para o barbudo sinhozinho, e meteu o pé descalço no caminho. Partiu para os fundões da mata, pegando direção diferente à do peão montado.

O emissário do coronel Ramalhares somente regressou no dia seguinte, e nada da moça. A notícia causou desespero. O caboclo mal se alimentou, tomou um trago de cachaça com cambuci e teve que voltar imediatamente, auxiliado por mais pessoas, levando provisões de boca. Quem sabe não tinha vasculhado bem a área. Outros mateiros foram requisitados pelo coronel e enviados em grupos de dois ou três, para outros lados.

As terras do coronel perfaziam distâncias enormes. Quatro dias de buscas e finalmente encontraram o cavalo da clara sinhazinha. Caido, perna quebrada, que impossibilitado de ser transportado foi sacrificado no local. Trouxeram apenas o arreio como comprovante. E nada da moça, para maior aflição dos pais. Nem um lenço com fio de cabelo loiro, caído. Seu chapéu, a bolsinha com o leque dentro, um simples pé de sapato, ou pedaço rasgado do vestido branco, como pista. Não havia o menor sinal de Purezinha...

Para completar ainda mais a desgraça, o negro Calunga também não voltara da missão. Fugiu para formar algum quilombo? Os escravos debandavam pelos mais diversos motivos: abusos físicos, separação de entes queridos, por vendas ou transferências inaceitáveis ou o simples prazer de conviver com a liberdade. Ficou no ar outra dúvida: teriam fugidos juntos? Mas como e para onde se o ex-escravo e a moça tinham saido apenas com a roupa do corpo. E a pé, onde chegariam?

Quinze dias depois o coronel inconformado com o desaparecimento da filha, sofreu um enfarto fulminante e fatal. Faleceu sem possibilidade do menor socorro. A notícia da morte do poderoso proprietário da Fazenda Retiro, coronel Leôncio Antunes Ramalhares correu como um rastilho de pólvora. Pelas terras de Taquaquecetuba e vizinhanças, atingindo Santa Isabel, Mogi das cruzes e distantes áreas do vale do Paraíba...

No ato, a viúva dona Angélica mandou soltar todos os escravos da sua fazenda. Não só para que acompanhassem o féretro, mas dando-lhes liberdade total a partir daquela data. Surgindo novo problema e grave. O da adaptação à nova situação. Enquanto escravos, os negros tinham moradia e alimentação fornecida pelo coronel. Sem casa, nenhum dinheiro, nem conhecimento do mundo fora da Fazenda Retiro, significava o mesmo que ser jogado às estradas, para que sobrevivessem como fosse possível...

No dia seguinte ao enterro, todos os coronéis vizinhos e amigos, chegaram de preto como urubus. Não para saber se a viúva precisava de alguma coisa, uma orientação como agir sozinha dali em diante. E sim, para protestar contra a liberação dos negros e a fim de comprar as terras do falecido...

Conversaram a tarde inteira e sairam de mãos abanando, já no anoitecer...

Cães latindo com o baque do fechamento da porteira velha, apoiada em gigantescas cabriúvas e uma perobeira seca rachada de raio. Corujas e morcegos passavam em vôos rasantes rente aos animais, quando os coronéis regressando, cavalgavam em silêncio.

Cruzaram com bandos de negros maltrapilhos comendo milho assado. E um deles ainda abocanhava restos de um tatu assado na própria casca. No exato momento em que um dos escravos comentava com a esposa:

—Não é possível esquecer completamente o lugar onde se vive. Vamos dar um jeito de voltar...

—Você está doido? Será nossa separação! Se voltarmos, não tornarão a nos vender?...

No meio da estreita picada, os coronéis aceleraram o tropel dos cavalos. Estava na hora da jaguatirica perseguir e atacar os viajantes daquelas paragens distantes e desertas. Saltando sobre o cavaleiro para derrubá-lo. Além do mais, batia também na medida exata do aparecimento do lobisomem. Hora em que o temido bichão transformava-se no indestrutível "porcão"...

Tinham ainda que enfrentar a mula-sem-cabeça e as diabruras do saci-pererê.

Um dos coronéis, alisando o ralo bigode, olhou para trás e observou o vulto da viúva se escondendo no balcão do sobrado. Iluminado apenas por toco de vela apagando.

Imaginou o olhar severo da mulher e das pragas que deveria estar rogando. Mais que depressa apelou para Miguel Arcanjo, santo de sua devoção, pedindo que o livrasse de todos os perigos...

Entre nuvens de algodão, flamingos e biguatingas perdiam-se no azul profundo. O rato-coró numa dolorosa monotonia, repetia alto as sílabas do seu próprio nome. Único exemplar de rato sem rabo, levantando celeuma entre zoólogos do mundo, que não admitiam esse roedor em cauda...

Ao longe ouviam-se as badaladas do velho sino de cobre, azinhavrado pelo tempo. E sons de sanfona. Por certo acompanhados da viola, de cordas feitas de tripa de macaco-da-noite. O ipê-roxo ainda conservava a floração aberta, ao lado de um tronco de pau escavado que não virara canoa, na mata farta e variada de caobas, japitas, tatajubas, uchiranas, achuás, cariperamas, mungubas...

Touceiras de sumarés escondiam o tronco tortuoso do arbusto de ramas ralas jamaracurá. E o pé de catauari, cujas frutinhas quando caiam na água atraiam peixes. Imponentes sapucaias floridas jogavam suas flores róseas sobre a espessa mata, sonora de pássaros, da arara-azul ao frango-dágua, a procura da sombra amiga e úmida de orvalho.

A anhuma debaixo do ingazeiro mudou seu canto, sinal de que alguém se aproximava. O mesmo tinha acontecido com outro pássaro, que o dia inteiro "avisou" que chegaria visita. Anunciando: "Gente de fora aí vem! Gente de fora aí vem!"...

O pitiguari. Para os índios tupis queria dizer: pousado torto. **Piti**, pousado e **guari**, torto, retorcido. E ele não tinha nada disso. Era elegante embora atarracado. Bico e músculos fortes e cor verde-acinzentado. Na barriga, mudava para um avermelhado, meio ocre.

Claro que embora tivesse fama e cantasse como se desse notícia, o pitiguari não era um avisador.

O pequeno pássaro (que parecia ter um boné marrom na cabeça) cantava alto como um "passarão". Possuia uma das vozes mais fortes entre todas as aves. Mas avisadores mesmos, de primeira, eram o tachã, a curicaca e o frifrió. Pássaros que quando percebiam alguém por perto, ou algum perigo, começavam a cantar alto avisando os outros bichos. Até alertando macacos quando a onça estava perto. Os símios fugiam e a pantera perdia o almoço...

Com aviso da natureza ou não, a Fazenda Retiro, naquele dia, recebia mesmo visita. Embora com meses de atraso. Devido aos precários meios de transportes, que tornavam tão distante a Taquaquecetuba dos maiores centros. E quando já não mais encontravam-se ali, o latifundiário nem sua filha.

A recém-chegada chamava-se Maria Baderna e tinha sido indicada por um amigo do coronel Leôncio Antunes Ramalhares. E este por sua vez a convidara, a fim de dar aulas de danças, para sua filha Purezinha.

Bailarina de renome na Europa, artista de convicções revolucionárias que ficara profundamente desgostosa com derrotas políticas na sua Itália, e tinha se exilado no Brasil, em 1849.

Prima ballerina assoluta, a bela e graciosa Maria Baderna, aqui, meteu-se em encrencas com as autoridades por combater a sociedade escravagista. Em contra partida ela despertara o entusiasmo de uma multidão de fãs, tão exaltados que facilmente partiam para brigar por ela. Eram os chamados "badernistas". Dai baderna hoje, significar desordem, bagunça.

Foi amiga de João Caetano, que diziam, se enamorou dela. Recebeu comentários elogiosos de escritores e jornalistas, como José Maria Paranhos, o futuro Visconde do Rio Branco.

Maria Baderna era mulher muito adiantada para seu tempo. Vivia livre demais para o Brasil de Pedro II. Teve vários amores, mas nunca se casou. Entregava-se à bebida sem moderação e adorava o absinto. Ousada, levou para os palcos a dança inspirada em motivos populares brasileiros como o batuque, o lundu e a umbigada. E até um quadro intitulado "Negros". O que lhe valeu xingamentos da imprensa racista, que denunciava a "indecência" desses bailados.

—Posso ficar uns dias assim mesmo? Estou cansada não só da viagem, como da vida e das correrias da cidade grande. Quero um pouco de sossego no campo...

Justificou-se a bailarina depois de dar os pêsames para a viúva e lamentar-se da ausência da mocinha que viera ensinar.

—Não poderia escolher lugar melhor. Fique à vontade. Quantos dias quiser...

Respondeu dona Angélica educadamente.

La Baderna visitava as terras da Taquaquecetuba pela primeira vez. Além de ensinar as filhas dos coronéis, vinha também para conhecer a Capela, famosa como estação de repouso. Pois pretendia afastar-se um pouco dos intensivos bailados do povo que volta e meia comandava.

Percebia que, como professora de dança, estava correndo o risco de ter um fim obscuro. Ou trágico, se continuasse a manter a fama de se dedicar às atividades subversivas e frequentar as rodas de malandragem do Rio de Janeiro, como vinha fazendo. "Badernista" transformando-se em "baderneiro". Termo usado para desqualificar certas manifestações populares. Seu nome, virando sinônimo de "súcia dançante", ou arruaça, como comentavam, era um fantasma que a perseguia...

Mudando-se para São Paulo, quando estavam estudando projeto, para a construção de um viaduto que iria ligar o centro da cidade ao novo e próspero bairro do Morro do Chá, Rua da Palha e Largo dos Cursos. A ponte propriamente dita, deveria medir 200 metros de extensão, dando passagem à bondes, carroças e pedestres.

A construção da passagem (1877) tornava-se de necessidade naquele tempo, surgindo porém um impasse. O Barão de Tatui, dono de um sobrado localizado na rua Nova São José (hoje, Líbero Badaró) ponto estratégico para a edificação da sonhada ponte, não concordou com a desapropriação, recorreu ao governo imperial e propôs demanda judicial na esperança de manter sua propriedade intacta.

O governo paulista, simplesmente não lhe deu ouvidos e a Câmara Municipal expediu "mandado de desapropriação do prédio por utilidade pública". Na mesma tarde, picaretas em punho, operários, estudantes e populares entusiastas, puseram abaixo as paredes principais do velho casarão, numa incontida ânsia de progresso...

(Terminado em 1892, após anos de ininterrupto trabalho, o viaduto (do Chá) foi franqueado ao público apenas para visitação. Horas depois já estavam cobrando pedágio. Nas extremidades foram colocados guardas com relógio registrador, controlando o número de pessoas que passavam pela roda giratória. Cada uma, pagava três vintens)...

A italiana bailarina e professora de bailado, Maria Baderna, ficou pouco tempo por ali. Nas proximidades da enorme chácara, onde em grande escala, tinha sido iniciada o plantio do chá no Estado. E não lhe agradara a permanência. (A área que abrigava essas grandes plantações, abrangia todo o vale do Anhangabau, entre o Piques e o Açu, hoje praça do Correio, bem como a atual rua Formosa, no centro de São Paulo).

O proprietário dessa vasta região plantada, era um cadete que depois tornou-se o Barão de Itapetininga. Dono de uma das maiores fortunas de São Paulo, de outrora. Seu solar, tal como a da Marqueza de Santos, na rua do Carmo, e demais outros três ou quatro abastados proprietários, eram dos mais ricos e majestosos da Paulicéia.

Depois, quando as grandes plantações foram destruídas, ao se dar início a uma rua nova, foram erguidas aqui e ali belas vivendas. Nessa rua, em 1881, Abílio Marques, um dos moradores, iluminou pela primeira vez sua residência com luz elétrica, despertando admiração da cidade...

Por outro lado, para dona Angélica, a chegada da visitante italiana na Capela, não poderia ser mais oportuna. Não por ser a italiana, bailarina de alta categoria internacional, que ali naquele matão perdido e nas circunstâncias em que a latifundiária se encontrava, não tinha o menor significado. Mas, por ter a mulher chegado na hora em que a viúva mais precisava de companhia humana.

Em especial feminina, pois recebera também como herança, além dos animais de trabalho, o imbecilizado capataz Capeta, além do canalha capitão-do-mato, Urutu. Execrável figura. E teria que, sozinha na casa-grande e imensidão de terras, conviver com eles...

Figura simpática, a professora de danças, não demorou mais que algumas horas para tornar-se amiga da fazendeira. Deram-se bem desde que se viram. Como pessoas que no primeiro encontro já parecem velhos conhecidos. Mala aberta, uma garrafa de absinto foi providenciado para o brinde. No jornal aberto, que servia de embrulho via-se entre chamativos para torneios de cavalhada, um anúncio em destaque:

"Muita Atenção. Vende-se uma elegante e bonita mucama. (Escrava moça e de estimação, que era escolhida para ajudar nos serviços caseiros ou acompanhar pessoas da família. Às vezes servia de ama-de-leite). Recolhida, e de casa particular. Com 18 anos de idade, mais ou menos. Sabe engomar roupa de homem e senhora. Cortar por figurinos e costurar, tudo com perfeição. O motivo da venda não desagradará ao comprador. Informações com Benedito de Toledo, Rua nova São José número 43".

Um outro mais abaixo, pedia sem cerimônia nem pudores, uma negra para tudo. Que servisse ao mesmo tempo de cozinheira, lavadeira, arrumadeira, e... amásia. Dançasse batuque e também carregasse água e lenha.

Estes dois últimos itens, trabalhos que em outros paises, só entregavam aos escravos homens...

A professora de danças viu os anúncios, mandou um gole da bebida, rasgou o jornal e comentou:

—Escândalo é isto, não o que eu faço! A tão poderosa Igreja, não participar de qualquer manifestação contra a escravidão! Triste fase; uma das maiores nódoas da História do homem...

Mais garrafas de absinto iam sendo desembrulhadas, para os dias, ou meses, em que a bailarina italiana ficaria nas terras da Fazenda Retiro. E os jornais portando outros anúncios, no mesmo estilo, amassados, jogados no chão e pisados furiosamente pela visitante...

Cenas antigas de olaria. Forno, mistura do barro e terreiro para a secagem e a manipulação dos tijolos. Onde mulheres e especialmente as crianças, dedicavam-se arduamente nas tarefas duríssimas da profissão de oleiras.

"Estaleiros". Fábricas e locais de consertos de barcos, para atender às necessidades da navegação fluvial daquele tempo. Com poucas estradas, o rio Tietê, largo e profundo, era mais uma importante via de acesso para se chegar na Capela.

Em outros tempos, a alegria reinava. No amanhecer quente como fornalha, jacutingas já estalejavam as asas e mutuns comunicavam-se uns com os outros...

O solitário gavião-pega-macaco sobrevoando o alto da sucupira, avistava longo trecho de rara beleza formada de catauaris, sucuúbas, andirobas e paus-canela. De olho em sua presa, dava rasantes sobre florestas de copaíbas e camarás. Pousando finalmente na copa frondosa da sumaumeira, ali exposta como gigantesco, imponente e verde chapéu de sol. Mundo calmo e completo, onde o caraná e o jupati forneciam a fibra, o ubuçu e o ubiui, a palha.

Mas a mata mostrava-se entristecida, com ausência até de colibris e pirilampos. Tudo parecia padecer de total abandono.

Na casa, um "piquá" (geralmente feito do cipó-imbé ou da canela de onça, por serem objetos que julgavam trazer sorte) pequeno canudo onde garimpeiros guardavam as valorosas gemas, jazia sobre o criado-mudo. Junto dele, esparramados estavam diamantes de três quilates que recebiam o batismo de "chapéu-de-padre". Chatos que recebiam a denominação de "bago-de-arroz", uns que se mostravam arredondados, chamados de "bala" e algumas pedras menores, as pequenas "olho-de-mosquito" e "farinha"; dependendo da conformidade, tamanho, pureza etc...

Antes a alegre fazendeira manuseava as pedras preciosas com prazer, tomando chá de erva-cidreira, o dia inteiro. Por essa razão vivia cercada de abelhas. O cheiro da erva-cidreira exalado com o suor do organismo, assemelhava-se ao odor da rainha delas. A mulher passava o dia tranquila e as abelhas também. Calmas, picavam menos, apenas seguiam o cheiro à procura da rainha...

Um ano depois, inconformada com a tragédia do desaparecimento da filha e morte do marido (sobre o Calunga nada mais se comentou), dona Angélica passou a beber desesperadamente. Só que... absinto.

La Baderna, a irrequieta bailarina italiana anti-escravocrata, depois de meses convivendo com a fazendeira na Fazenda Retiro, não suportando a vida no meio do mato, calma demais, sem poder lutar contra a escravidão, abandonou a amiga. Espírito inconstante, a abolicionista foi embora sem mais nem menos. Desapareceu como um fantasma esvoaçante, espalhando etérea elegância, talvez pretendendo alcançar as estrelas...

Sumiu não só de Taquaquecetuba, como dos noticiários dos jornais das grandes cidades brasileiras. Nunca mais se ouviu falar dela...

Dona Angélica mais solitária do que nunca, vendeu a valorosa coleção de diamantes e obras de arte, da mansão. Móveis finos, assim como se desfez das armas raras, do marido. E aproveitando uma data festiva fartamente anunciada, partiu para São Paulo. Diziam as más línguas, que na verdade a viúva fôra atrás da sua companheira italiana fugitiva, Maria Baderna, a libertária.

Não podia chegar em momento mais oportuno e alegre. A cidade estava engalanada com a chegada dos vencedores da Guerra do Paraguai. Exatamente na noite festiva em que o capuchinho frei Germano deslumbrou os paulistanos, ao iluminar o Jardim da Luz com energia elétrica.

Não se falava em outra coisa além da chegada dos heróis nacionais. — Clarear um parque daquela maneira parecia um passe de mágica! Coisa de feiticeiro! (Nove anos antes que Thomas Edson inventasse a lâmpada incandescente industrializável)!...

(A iluminação elétrica estava sendo muito pesquisada nos principais centros culturais da Europa e podia-se imaginar, a surpresa dos paulistanos naquela memorável noite.

O engenho do frei Germano era apenas um aparelho de laboratório, sem possibilidades de emprego comercial. O gerador consistia de um acumulador, único mecanismo energético da época e também utilizado por Thomas Edson em suas experiências. Para completar o mecanismo, o capuchinho utilizou lâmpadas de arco construidas com vidros de farmácia.

Esse foi um dos inúmeros feitos de frei Germano dAnnecy, um homem notável que acabou caindo no esquecimento. Dias depois ele voltou a acionar o seu engenho e repetiu a experiência em Campinas, na inauguração de um trecho da estrada de ferro, construida pela Companhia Paulista. Morreu no dia 1 de maio de 1890, a bordo do navio francês Bearn, quando já muito doente, voltava ao seu pais natal para recolher-se ao retiro espiritual em Chambery. Ele tinha 68 anos e desde os 32 vivia no Brasil, para onde viera para lecionar no Seminário Episcopal de São Paulo. A inventividade desse padre (também meteorologista) foi enorme e entre outras obras que deixou em São Paulo, constavam dois relógios de sol, instalados no pátio do antigo Seminário da Luz, atual igreja de São Cristóvão, na avenida Tiradentes).

Dois anos a viúva dona Angélica passou em São Paulo e quando voltou para Taquaquecetuba estava totalmente mudada. Trocou não só o vestido preto. Penteado diferente e muita pintura, modificou o rosto, o corpo e a alma. Quem a visse não diria que se tratava da mesma pessoa.

A triste viúva transformara-se por completo. Passara de tímida e caseira lagarta, para esvoaçante borboleta. Um pouco avantajada no peso, porém ainda formosa. Bela e desejada. Modos delicados, mas vorazes.

O progresso de São Paulo fazendo efeito na rica mulher roceira? Ou seriam lições da convivência com a internacional Maria Baderna, bem aprendidas?...

Da recatada senhora Angélica, digníssima esposa do coronel Ramalhares, nada mais existia. No seu lugar surgira uma moderna fêmea. Alegre e atraente pantera devoradora de homens. Voltou amaziada com um jovem valentão e jogador profissional de baralho, de nome Catharino Sapopemba. Que logo nas primeiras medidas tomadas, a mando da mulher, chutou para longe o capataz e o capitão-do-mato. A partir daí, suas terras (que não eram poucas) foram-se esvaindo pelos vãos dos dedos...

Solitária, olhando pela janela da antiga mansão, a outrora poderosa mulher ainda demonstrava consciência:

—Farei tudo que puder para manter a mata que margeia o rio. A mata ciliar cuida dos rios, como os cílios protegem os olhos. Não podemos derrubá-la...

Pena que falava sozinha. O companheiro só jogava e destruia...

Londe dali, os amigos fuxicavam o tempo todo. Iniciando pelo próprio compadre, o Adermo Pitombo, coçando o bigode:

—Viúva é café choco. Mas aquela é pinga de deixar ranço na goela. Desceu muito. Invertendo a história, foi de rainha a pastora...

—Dissimulada! Aquilo é falsa como moeda de duas caras. Uma bruaca, catraia e marafona...

Opinando o coronel Reduardo Ramos Sicupira:

—Libertina, bebe que é uma lástima! Irresponsável, não nos vendeu as terras para entregar de mão beijada ao amante...

Não fazendo por menos o Quinzinho Pantoja:

Chegando a vez do Sizenando Crisóstomo malhar:

—Amigada com um patife, um vadio...

E até o traste do Hermenegirdo Mangabão, para completar:

—Um explorador! Bêbado como ela...

Depois de alguns anos mais, só restou a outrora vistosa casa-grande. Assim mesmo, maltratada. Que devido as festas constantes ali promovidas diariamente numa desenfreada orgia alcoólica, foi perdendo o brilho e o o respeito. Passou a ser mais conhecida como o velho "Solar da Ang Peito de Pombo".

A princípio, a casa reforçada de "finíssimas francesas" e " coradas polacas de pele de seda", vindas de cidades grandes e dispostas a "depenar" fazendeiros, passou a ser frequentado pela elite dos coronéis. Inclusive os mesmos falsos amigos antigos, como o compadre Adermo Pitombo, o Quinzinho Pantoja, o Reduardo Ramos Sicupira e o Hermenegirdo Mangabão.

Aos poucos a ex-mansão foi sendo abandonada também por eles. O local com o tempo, perdeu a inicial frequência, dita fina, descendo ao popular de "zona"...

Como a pele de pêssego da dona da casa que murchara feito pétala de rosa, as paredes também estavam ruindo. Teto forrado de picumans e teias de aranha. Roças abandonadas. Laranjeiras outrora formosas de frutos saborosos e sadios, tomadas por brocas e pendendo de erva-de-passarinho...

O tempo só não rompera a rede dos formosos troncos de jequitibás centenários, ipês e maparajubas, protegendo o vôo do macuco e dando guarida ao canto do bem-te-vi...

Da janela semicerrada, quase encostando no tronco sépia da sapucaia, a claridade descia sobre o quarto escuro, mostrando a cama de madeira carcomida. O vulto chegou na boca da noite, sorrateiramente, bambo e cambaleante. Voz pastosa, quase babando, o capitão-do-mato, Urutu, tirou a garrucha da cinta e colocou-a no chão ao alcance de sua mão. Jogou dinheiro no criado-mudo, atirou as botas sujas no assoalho, tirou a camisa, a calça e o calção.

Chapéu empoeirado e amarrotado enterrado na cabeça e de meia, deitou-se no leito e chegou-se no corpo da ex-mulher do patrão. Suor correndo pela face. Olhos escancarados como felino emboscado pronto para dar o bote:

—Quem diria, heim dona Angélica. Até as pedras se encontram...

Mesmo na penumbra a viúva reconheceu o "coisa-ruim", pelo cheiro, do suor e do fumo que ele mascava. A mulher de rosto chupado, mostrando por baixo do pó de arroz e carmim indisfarçáveis rugas, chocada, iniciou um choro abafado. Tentou reagir, assentar-lhe uma bofetada na cara feia e marcada por cicatrizes. Mas não teve força suficiente. Mesmo bêbada, ainda gritou:

—Socorro, tem um bicho na minha cama!...

Inutilmente.

Os primeiros alvores iluminavam a casa velha e a chuva fina estiava. Ouviu-se a primeira chicotada dada por pulso forte...

Poá e São Miguel. Caminhos para a vizinha Itaquaquecetuba, mais conhecida como Capela. Regiões também servidas pelo histórico leito líquido, Anhembi-Tietê. Se os homens são a História, os rios, não raro, são a trajetória dela...

Itaquaquecetuba. "Ladeira da Ponte". Através do rio Tietê, os tijolos eram conduzidos por seus moradores, em barcos apropriados e tocados a varejão, que circulavam ativamente na rota Capela-Capital.

BOGÓ E CAPUABA -1900

A nuvem passara rápida. Levando trovões e a chuva para outros horizontes. Bem para lá das matas de caviúnas e jacareúbas. Em seu lugar ficara um vento morno e o perfume de mato lavado. O sol principiava a faiscar no alto da torre da igreja Nossa Senhora da Ajuda. Pintassilgos timidamente tiravam algumas notas musicais e corruíras cochichavam no telhado, parecendo querer alegrar o dia especial. Festivo para aquele povo humilde, temente de Deus e da ira do céu.

Com a brisa entrando, na casa modesta a cortina oscilava como acenando para a mulher.

—Maria, Jesus! Graças ao Poderoso o barulhão se foi. A água é sempre bem vinda, mas raio nunca tem utilidade...

Desabafou a velha Umbelina na cadeira de balanço trançando agulhas de tricô. Marcava o passar do tempo pelo tamanho da toalhinha feita. Controlando na ponta da agulha quantas carreiras terminava por dia. Já tinha acendido velas e feito mil orações. Solitária, na velha casa fantasmagórica sem goteiras, mas repleta de vultos do passado. Entre murmúrios e ladainhas.

Quando a porta abriu sozinha, rangendo vagarosamente, ela derrubou o candieiro de azeite de peixe e lançou um olhar fulminante. Enigmático...

Entravam em 1900, tendo já nos documentos da aldeia, o "I" na frente: Itaquaquecetuba. Ou Capela, como a maioria de seus habitantes preferiam chamá-la...

E deixaram para melhor comemorar a entrada do século, com a esperada dança anual, que permanecia inalterada por ali. Onde traços fortes da etnia ficaram ligados aos cultos, às danças dos seus habitantes. A música mística, que o jesuita ensinou, não só catequizou como amansou o bugre, porque tinha o dom de encantar. O canto, elemento litúrgico por excelência, fundiu-se com as danças de roda indígenas, gerando a "Dança da Santa Cruz". (Antigamente, na noite de 2 para 3 de maio, hoje é data móvel). Quando a população — composta de pessoas da raça negra, descendentes de índios e portugueses, agitava-se em roupa domingueira.

De barco deixado na beira do rio e subindo rampa rumo a colina ou no burrico tilintando o cincerro pelas picadas. Cruzando trilhas, tocando mulas de cangalhas cheias, ou conduzindo carroças, por sobre ruas de pedras irregulares. Vindos das grotas fundas, aos vários atalhos formando lençóis de capim rasteiro, que levavam aos córregos. De um lado para outro, a população ágil como gato, em gritaria de gralha, cuidava dos preparativos.

Todos providenciando os últimos retoques para o "bate-pé" (também chamado "pateio") de logo mais a noite.

Rojões de varas não podiam faltar, espantando socós e maçaricos. Cuja finalidade era produzir barulho, com a intenção de chamar a atenção do povo mais distante para o início da reza, da dança ou da festa propriamente dita. Para alegria da garotada colhendo frutinha olho-de-boi, atrás das favas de ingás maduras, carambolas, e suplício da cachorrada aflita...

—Vamos lá pessoal! Mata-bicho e arroz com galinha gorda, hoje não vai faltar!...

Gritou o garoto de entrega "Caroço", portando ensebado chapéu de palha desfiado nas abas e cheirando os pacotes de temperos. Aproveitava a sombra da mangueira, a espera de outras encomendas.

—Sinto cheiro de chuva. Tomara que não venha hoje...

Reclamou outro menino, o prestativo "Faísca", de olho no tabuleiro de bolos. O encarregado de acender as candeias de querosene atadas nos finos postes da praça, prevendo que se tal acontecesse, o estrago que faria no importante evento marcado para logo mais.

Mulheres de lenço na cabeça atropelando lentos bêbados em dia de alegria e pedindo licença aos namorados da praça, desligados do clima de festa, passavam com cestos e peneiras. Travessas de bagres, trairas, mandis e tabaranas, compoteiras cheias de cidra e laranja azeda, caldeirões de quentão e a bebida mais procurada, o "pau-a-pique". Uma infusão de gengibre, erva-doce, canela, cravo-da-índia, noz-moscada, tudo fervido e evidentemente...muita cachaça.

Além do "pau-a-pique", no campo das guloseimas marcava a festa o chamado "cartucho", oferecido pelos jovens, às moças que escolhiam para ofertar a dança. Um cone de cartolina, enfeitado de papel de seda colorido, contendo confeitos de amendoim e de erva-doce.

Isto tudo na parte da tarde, quando ainda dançavam o chimarrete, a cana-verde, a cirandinha e outras danças folclóricas, enquanto homens mais maduros levantavam mastros e as pessoas que auxiliavam iam socando terra em volta, fazendo promessas e colocando papeizinhos solicitando graças.

—Dá licença, patrão!... — Pediu a crioula, pés descalços mãos calejadas, carregando terrinas fumegantes. Suando em bicas e atrapalhada, no meio de engravatados senhores, chapéus servindo de leque, reunidos em torno da praça.

Na Casa da Festa, com viola e ganzá pendurados nos armadores de rede (geralmente o festeiro era pessoa de posses, de destaque político e social da vila), as mesma providencias: o feijão, a farinha, muito café e biscoitos...

O carroção carregado de barris de aguardente puro, puxado por várias juntas de boi e guiado por carrancudo carreiro chapéu atolado na cabeça, chupando grosso cigarro de palha, encostou na praça.

Um esfomeado cachorro passou arrastando fileira de linguiça, provocando risada geral. Não muito rápido, pois descadeirado, manquitolava. Abusando da mulher gorda excessivamente, que tentava em vão sair do lugar.

—Cão miserável, se te pego!...

Ao redor da praça (sempre o centro da aldeia desde sua fundação) e em algumas ruas da vila, as casas já ostentavam na sua face externa entre a janela e porta, a uma altura de mais ou menos dois metros, uma cruz. Eram vários os tipos, desde a tosca de madeira, das casas mais pobres, tendo a iluminá-la duas velas acesas na calçada, bem juntinhas da parede, até as mais sofisticadas. Predominando em todas, um fundo de papel vermelho, destacando uma cruz revestida de papel verde. Algumas delas continham flores naturais, onde predominavam as rosas vermelhas.

Defronte dessas cruzes é que os moradores da aldeia iriam parar de casa em casa, dançando a noite inteira e só terminando ao meio dia seguinte. Na ausência de luz elétrica, uma imensa fogueira estava sendo montada no meio da praça.

Um caboclo de pescoço curto e veias salientes, descansando um pé sobre o caixão de querosene, ao mesmo tempo em que dava um gole e elogiava a cachaça de primeira, ensaiava o canto para mais tarde:

—...a hóstia consagrada! Oiiiii...

A participação da dança não exigia traje especial. Tratava-se de um movimento de roda, que girava no sentido lunar, isto é, contrário ao dos ponteiros do relógio. Os dançantes iam batendo os pés compassadamente sob o rítmo da viola. Duas vezes com o pé esquerdo e um com o direito, obrigando o corpo a um bamboleio repicado. E seus passos, facílimos. Uma atividade espontânea dos músculos sob a influência do canto religioso e do rítmo ditado pelas violas.

Na praça, enfeitada tal qual belo arraial de dia-de-festa-de-santo, crianças que normalmente brincavam por ali, jogando peteca, homens provocando briga de galos, cavalos atoas tangendo varejeiras com as patas, assim como galinhas e pintos fugidos de quintais, e siscando felizes, foram todos recolhidos. Em seus lugares surgiram altar, bambus e bandeirolas...

No escurecer, lampiões já acesos, iniciou-se na praça, a principal dança, produto da invenção luso-jesuítico associado à elementos indígenas. Primeiro escalão à postos. O padre para a reza, que naquela noite especial, fugia um pouco da litúrgia romana, geralmente no interior do templo de centenas de anos. Entrava num sincretismo brasílico-católico-romano, realizada ao pé da Santa Cruz, situada no centro da praça, em altar levantado frente a igreja.

Contando com a presença de um capelão-caipira, e seu ajudante "repartidor". Que o auxiliava a "repartir" a cantoria da reza. Este por sua vez, contava também com outros "ajudantes de repartidor". Todos roceiros e extremamente pobres.

...Bendito, louvado seja,
do céu a divina luz,
nós também da Terra damos,
louvores à Santa Cruz,
Deus te salve Casa Santa,
onde fizeste morada,
onde está o "caliz" bento,
e a hóstia consagrada!...

E o canto terminou com prolongado "oi" dito por todos...

Feita a saudação, começou a roda com as mulheres no centro e os homens por fora. A frente, abrindo, iam os músicos e todos os acompanhantes fazendo reverências, dentro do rítmo marcado pelos instrumentos.

Viola paulista (duas), de cinco pares de corda, o adufe, um pandeiro sem os pratinhos de metal, a puíta, espécie de cuíca, e o reco-reco.

Durante a roda, para dar oportunidade a que os instrumentistas descansassem, havia a "acuação". Os tocadores cercavam um dançarino ou alguém do público que assistia a festa e, imitando o latir dos cães, acuavam-no, com insistência. Até que o acuado resolvesse acompanhá-lo à uma barraca, onde lhe pagava bebida a escolher...

—Aquela pinga da casa, em dose maior ...

Pediu o caipira na barraca tão mal montada, que se alguém pendendo, encostasse nela, tudo vinha abaixo. Estalou a língua, deu um tempo para sentir o gosto e tirou a botina que lhe apertava o pé esquerdo, para concluir:

— É o maldito calo de estimação...

O cachorro morrinhento pedindo carinho ia encostar-se nele para lamber sua mão, mas o homem saiu apressado nem olhando para o animal decepcionado...

Assim a roda ia varando a noite toda, prolongando-se pela madrugada, repetindo a saudação defronte da casa do festeiro e depois em frente a todas as outras, onde se via uma cruz. Em cada uma delas, os participantes, em especial os instrumentistas, eram recebidos com muita alegria.

Essa residência do festeiro, permanecia aberta à todos que quisessem beber e comer gratuitamente. Da abastança do festeiro, dependia o êxito do evento.

Casa da Festa farta e aberta a todos, mantinha o nível de entusiasmo e atraia visitantes que vinham de longe.

Durante a madrugada (geralmente fria nesse mês), conforme mandava a tradição, serviram aos tocadores canja e gemada. E por último já na madrugada, formou-se a grande roda para a "zagaia", em que se simulava um ataque de azagaia — espécie de lança que o jesuíta pôs na mão do índio — o que demonstra a origem catequista da dança.

Depois da "zagaia", houve a última gemada na casa do festeiro, que era obrigação residir na aldeia. Ao menos temporariamente, durante a festa. Ou obtido casa por emprestimo, quando não proprietário no local. E a "Dança da Santa Cruz", festejo profano-religioso, inventada pelos missionários jesuítas afim de facilitar a obra de conversão do silvícola, foi chegando ao fim naquele ano.

No dia seguinte à tarde, durante a procissão, acompanhada de precária banda musical (ainda em aprendizado), escolheu-se o festeiro do próximo ano, o qual deu a volta na praça, onde ficava o mastro com a bandeira da Santa Cruz entre a igreja e o cruzeiro (repleto de tocos de velas), ostentando a coroa.

Fim da festa. Altos paus, fios e bandeirolas, todos os vasos de flores, feitos de xaxim (nome popular da samambaia **dicksonia sellowiana**, de tronco fibroso, planta de crescimento lento, demorando mais de cinquenta anos para atingir a idade adulta, além de exigir condições especiais para se desenvolver, o que em geral ocorre no fundo dos vales, em zonas de pouca exposição à luz e de muita umidade) que enfeitavam a praça, foram recolhidos.

Entre tufos de pita e moitas de mamona, nos seus monjolos e moinhos, olarias, plantações de verduras, pomares, vinhedos e simples roças, cada um participando de seus afazeres, a vila voltou ao que era antes...

Praça padre João Álvares (sem as árvores centenárias) ou "Jardim", como costumam chamar. Centro da aldeia desde sua fundação em 1624, tendo como ponto principal, a igreja seiscentista, construida de taipa e em homenagem a Nossa Senhora da Ajuda.

Alto da colina, onde abaixo o rio formava majestoso cenário. Ano 1904. Primeira Agência do Correio, de Itaquaquecetuba - Capela. Na praça padre João Álvares. Da esquerda para a direita,

O esturro agoniado da sussuarana atrás de alimento ou aflito a procura de companheira, já estava rareando. Assim como pepitas de ouro, do tamanho de ovo de galinha, encontradas nos ribeirões Una e Tipóia e bandos de papagaios do-peito-roxo sobrevoando a região. Mas o jardim majestoso, a floresta de jacarandás, arueiras, jatobás, paus-darco, gombeiras, paus-jacarés e tamburis ainda permanecia de pé...

Andorinhas voavam baixo, quase alcançando as copas das caraibeiras. — Para significar chuva próxima, segundo a caboclada — só faltavam jumentos andando de lado, moscas se agrupando, varejando inquietas e tatus suando debaixo do braço...

Bastava também notar se a cascavel e a aranha-caranguejeira deixavam suas tocas e saiam apressadas. Sinal de chuva, ao sentirem o aumento da pressão barométrica...

O que não demorou para acontecer. Em pouco tempo de anúncio despencou violento temporal. Aguaceiro rápido, grosso e barulhento. Provocando terríveis estrondos e um raio iluminando o céu, rachou poderoso tronco de cajuaçu. Outras grandes árvores também caiam seguidamente, na mata logo inundada...

Apenas um bicho ficou ao desamparo: a preguiça. Estava há horas no mesmo galho de patas para cima. Onde sossegadamente digeria folhas. Em posição tão incômoda, que seus pêlos eram os únicos no reino animal a crescer da barriga para as costas. A fim de melhor escorrer a água...

A administração da pacata localidade de Capela ou Itaquaquecetuba, sempre a cargo da autoridade religiosa, a partir dessa data (1900), passou a ser exercida por um Conselho de Fábrica.

(Fábrica era o rendimento aplicado ao culto de uma igreja. Também um conselho composto de cléricos e leigos, sujeitos à aprovação do bispo e cujas funções se limitavam exclusivamente à administração dos bens materiais de uma paróquia).

Portanto, esse colegiado composto pelos mais ilustres paroquianos, formavam o Legislativo de então. Esses conselheiros eram chamados de fabriqueiros, sendo o vigário, o presidente nato do Conselho.

O português Sebastião Ferreira dos Santos, conceituado negociante (veio ao Brasil com 23 anos de idade), que havia montado a primeira agência de correio na localidade, tendo sido também o construtor da estrada até Santa Isabel, foi escolhido entre os habitantes e nomeado pelo bispo, o primeiro fabriqueiro de Itaquaquecetuba...

Além de fabriqueiro, Sebastião Ferreira dos Santos, passou a ser também aforador local. O aforamento significava o repasse das terras da igreja, aos seus moradores. Imensas propriedades da Freguesia de Itaquaquecetuba ou Capela, controladas pelos bispos.

A partir dessa data (1900), do aforamento, o comprador de grandes ou pequenas faixas de terra, onde somente residiam mutuns e rolinhas, foram pagando aos poucos, ou a vista, com autorização daquele que as aforava, e sob o acompanhamento de autoridades eclesiásticas, que supervisionavam o trabalho de venda. Sendo toda a papelada exigida, passada em cartório. Concessões, contratos de direitos, escrituras etc...

Nessa ocasião, o dinâmico português Sebastião Ferreira dos Santos, bem como o capitão Francisco Ignácio da Silva, conterrâneos e amigos, porém adversários políticos, um do P.R.P. outro do P.R., já eram dos maiores proprietários de terra da região.

Nesse início de século (1912), Poá era apenas um pequeno bairro (possuindo aproximadamente 20 casas), estando sob a jurisdição (tanto judicial, como policial e política) do então Distrito de Itaquaquecetuba, dentro do Município de Mogi das Cruzes.

Sebastião Ferreira dos Santos, com sua larga visão de homem experiente, procurando engrandecer cada vez mais o bairro de Poá (para onde mudou-se em 1912) e valendo-se da sua influência política, conseguiu a instalação da primeira sub-delegacia de polícia para lá. Da qual foi o titular. E por tratar-se de local desprovido de qualquer iluminação, providenciou os primeiros lampeões à querosene para iluminação pública.

No ano de 1913 tomou providências para a substituição desses, já obsoletos, por outros à carbureto, propiciando melhor iluminação para os moradores.

Em 1914, cedeu gratuitamente, terreno de sua propriedade para a construção de uma capelinha, que resultaria na igreja de Nossa Senhora de Lourdes (documento da Cúria Metropolitana, datado de 27 de junho de 1914), ocasionando o nascimento da cidade de Poá. Bem como doou também, o terreno necessário para a formação do cemitério local. Quando Poá virou município, seu amigo Francisco Ignácio da Silva, já era dono de quase todas as terras por ali. Somente vinte por centro, praticamente o centro, não lhe pertencia. Chegou a possuir 500 escrituras registradas no cartório de Mogi das Cruzes.

Sebastião Ferreira dos Santos, prosseguindo na sua luta, conseguiu também a instalação do Distrito de Paz de Poá, tendo ainda criado o Primeiro Tabelionato local. E como o ensino secundário, na ocasião, era deficiente, conseguiu-se por sua iniciativa, a instalação das Escolas Reunidas, que tantos benefícios vieram trazer aos jovens escolares. Localizava-se uma dessas escolas, nos terrenos, onde hoje se encontra o Abrigo Batuira, e posteriormente transformada em grupo escolar, do qual foi seu primeiro diretor, o professor João Cardoso Pereira, o "Joanico".

Sebastião Ferreira dos Santos (que ficou viúvo, casou-se novamente e teve 15 filhos, com as duas esposas) e o capitão Francisco Ignácio da Silva (8 filhos), ativos comerciantes, foram dois líderes comunitários que muito fizeram pela região em que moravam e trabalhavam.

Passar de uma cidade à outra, significava na época, mudar-se de um bairro em direção à outro, simplesmente, tão grande era Itaquaquecetuba. Também de enormes e indestrutíveis laços de amizades. Tanto que Francisco, um dos filhos de Francisco Ignácio da Silva, casou-se com Hercília, uma das filhas de Sebastião Ferreira dos Santos. E a amizade desses abnegados pioneiros da região, prosseguiu através de seus descendentes...

Durante anos Capela, ou se preferirem, Itaquaquecetuba, ficou famosa pelo fato de possuir várias olarias, além de produzir lenha (madeira existia em abundância), que era transportada para São Paulo, através de batelões movidos a remo ou varejão que singravam diariamente o rio Tietê. Por essa vias de acesso, já que quase não havia estradas, iniciavam também a circulação por ali, tanto de vendedores de quinquilharias, com suas malas abarrotadas de sabonetes, lenços, perfumarias, quanto mandingueiros, vendedores de ervas medicinais, portando literaturas variadas sobre magias, mirongas e mandingas. Livros dos sonhos e da sorte. Ensinando a benzer como fazer macumba e proteger-se do mau-olhado dos invejosos e contra o quebranto.

Fardos contendo cipós, folhas, ramos e raizes, de plantas mágicas, iam se amontoando nas laterais da ladeira protegidas por enviras e imbaúbas-brancas, que levava do porto, ao alto da colina, onde se encontrava propriamente a vila da Capela. Vasinhos de barro e pacotes de ervas como alecrim, sávia, arruda, espada de São Jorge e guiné, espalhados por todo lado.

Bichos secos, peles de cobra, espelhos enfeitados com coloridos barbantes, potes e mais potes repletos de sementes, massas e líquidos sem rótulo algum. E seus donos sentados na beira do barranco. Os camelôs da época. Além de outros mais: vendedores de bengalas e consertadores de guarda-chuvas. Remendadores de panelas furadas, e o fotógrafo lambe-lambe, já se posicionando na praça.

O maior número era o de passarinheiros (não proibidos na época), em busca de cantadores pintassilgos e azulões. Onde valia tudo: de belos tietês-coroa, ligeiras pipiras e araçaris, até inhambus e aves mais encorpadas como urus e macucos...

Assim como médico, oculista, dentista, ambulantes, vinham também no batelão da madrugada e voltavam a tarde, rumo ao porto do rio Tietê, tropeçando por entre orquídeas e samambaias, sobre potes de remédios vegetais recomendados: malva, sapucaia, vassourinha, imbaúba. Quando não, pousavam para prosseguir o tratamento no dia seguinte. Carregando em sua bagagem os aparelhos necessários para atender a clientela e perguntando se alguém tinha algum problema de saúde. De casa em casa ou nas chácaras. No relativo conforto das moradias, ou até mesmo em plena via pública, à sombra do arvoredo.

Doutores receitando medicamentos na base de ervas curativas, que índios e caboclos já conheciam há muito. Salsaparrilha, cardo-santo, erva-de-bicho, sucupira, alfavaca, caapomonga, pagimiroba, cássia, tapiá...

Nos casos de sangria, costumavam aplicar sangue-sugas nas pernas dos pacientes...

O dentista prático (no dúplo sentido) já vinha munido de diversas dentaduras. Agindo mais ou menos como o oculista, que simplesmente retirava um prego da mala, colocava numa árvore e pendurava nele uma placa com diversos tipos de letras variadas. Mais um banquinho e pronto, o consultório estava montado. No segundo caso era só pedir para o pessoal começar a ler.

Se o caboclo não conseguisse, o oculista tirava da mala diversos óculos com lentes de grau, e ia experimentando no rosto até que um deles fosse suficiente para a leitura.

Forma de pagamento? Para qualquer uma das modalidades, se não houvesse dinheiro servia leitão, galinha, ovos, frutas. Armas de fogo. Ou até mesmo qualquer objeto de valor. Ninguém saia perdendo...

O problema maior não representava enxergar ou não, grande parte da população era composta de analfabetos...

Quem não gostava muito da concorrência de fora, da "invasão sanitária" alienígena, era o caboclo Totó. Itaquaquecetubense muito inteligente, que sem estudo nenhum, como mestre em tudo que punha a mão, só não fazia chover. Fabricava fógos feito técnico, consertava relógios deixando-os perfeitos e como ninguém, preparava dentaduras para a visinhança em geral...

Além dos portugueses negociantes como Sebastião Ferreira dos Santos, Francisco Ignácio da Silva, Joaquim Gonçalves Ferreira da Silva, também ligado ao comércio, outros estrangeiros chegavam descobrindo

Itaquaquecetuba, a bondade de seu clima, suas belezas naturais e... ficando.

O dono de "estaleiro", espanhol Ramon Iarni e a esposa Eny, o italiano Sávio Giusti, a mulher Hilda e a bela filha Circe, loira de olhos verdes, ele especialista na fabricação de tijolos, o cientista romeno Denoy Sigrist e a esposa Nivoni, casal que percorria matas e trechos de beira do rio em busca de bromélias, brotando em rochas áridas ensolaradas ou desfrutando de sombra.

Cultivavam no jardim da casa, por entre sanhaços-verdes, sabiás-unas e cardeais, a beleza de um vegetal capaz de sobreviver à falta de água e de economizar alimento. Tronco botânico que esparramava-se no Brasil desde a floresta amazônica até as matas gaúchas...

O cientista Denoy manuseava em casa, um gravatá de flor avermelhada, quando a cabocla lavadeira de roupa, Dodora, chegou horrorisada, gritando como se tivesse visto o "carroção". (Terror das criançada itaquaquecetubense. Algo que passava arrastando-se produzindo barulho infernal durante a noite na praça ou "Jardim". Nunca tinham visto como era o monstro, porque que ninguém se atrevia a abrir a janela naquela hora):

—Nhô Ricardo vem vindo com sua tropa!...

—E dai? São religiosos, não jagunços...

Rebateu a cozinheira do casal de estrangeiros, a negra Advan, mexendo no pote de mel-de-pau. Deixando de lado por uns instantes o coentro, a pimenta, e a cebola-verde; seus temperos preferidos para carne e peixe.

Ao mesmo tempo em que outra lavadeira, a bugra Cambaia (existiam por ali, na época, ráros descendentes ainda dos primeiros guaianases), pernas arqueadas de caubói, também entrava apavorada, sem bater palmas, assustando bicos-de-lacre e sairas. Em residência próxima:

—"Seu" Sebastião Ferreira, os "portugas" chegaram e estão quebrando tudo no "Jardim"!...

Outra tarefa exercida pelo pioneiro. Sebastião Ferreira dos Santos, que depois de alguns anos em Poá, mudara-se para a primeira casa de tijolos, construida na atual praça padre João Álvares. Além de fabriqueiro, aforador, novamente nomeado sub-delegado por juiz de Mogi das Cruzes, o homem que voltara e conhecia bem o problema da área, saiu para procurar manter a ordem.

Barqueiros de São Paulo, geralmente portugueses, vinham para Itaquaquecetuba com seus batelões carregados de mantimentos, roupas etc., e no fim do dia regressavam nas suas embarcações, portando lenha, areia, telhas e tijolos, para as construções da capital.

Deixando seus barcos no porto, subiam a ladeira e alcançavam a vila, dispostos a beber tudo o que viam pela frente. A consequência do porre coletivo, todos conheciam. Gerava enorme briga, entre barqueiros e moradores. Que só terminava quando o patrício Sebastião Ferreira dos Santos e lider da comunidade chegasse. Como de fato compareceu, acalmando os desordeiros.

Dando fim ao ao apavoramento das lavadeiras. Da cabocla Dodora (que, sob o canto do sabiá-laranjeira, e garças-brancas pousadas nas margens, lavava roupa no trecho do Tietê, conhecido como "Rio da Pedra") e da bugra Cambaia (preferindo as águas do ribeirão Tipóia, onde as jaçanãs e saracuras se reuniam, no outro extremo da aldeia). Que adoravam a chegada dos "portugas" (para namoro), não as brigas.

A passagem do pacífico Nhô Ricardo e seus acompanhantes, acabou relegado a segundo plano...

Como todo lugarejo antigo do Brasil, Capela não podia deixar de ter seu milagreiro. O misterioso profeta Nhô Ricardo (Ricardo Siqueira Bueno), que surgiu repentinamente lá pelas bandas do Campo da Venda. Homem de muita fé em Deus, barbudo, andejo e bastante saudado por onde passava, arrastando ex-cativos e uma leva de mulambentos necessitados.

Misturado a varredores de ruas, carroceiros, vendedores de doces e guloseimas, artesãos, benzedores e ervanários, em festejos como procissões. Fugia como o diabo da cruz, dos aglomerados de congadas, batuques, sambas, moçambiques, caiapós e outras manifestações culturais de origem afro-indígena, dos negros libertos.

—Ele faz longos jejuns e tem poderes divinos. De cura...

Afirmou um passante...

Camisolão ensebado, carregando a Bíblia, se apoiando num bordão, e gente vestida de branco, resando atrás. A Capela não era mais um simples arraial e um homem nessas condições, atraia preocupação da Igreja Católica e ira das autoridades, temendo qualquer tentativa de desordem social. E ambos combatiam não só o carismático lider religioso, como aqueles que o seguiam do Pium ao Merendá, do Pinheirinho à Ponte Velha (hoje bairro Maria Augusta), cegamente, sempre desafiando e resmungando, contra tudo que achavam errado.

Nhô Ricardo arrastava consigo homens e mulheres em romarias, sem exigir nada em troca, daqueles que o acompanhavam. Seus seguidores acreditavam que, como Cristo, um dia ele ressuscitaria...

—Não pede esmola nem é mendigo. Apenas aceita o suficiente para sua subsistência. Assim mesmo, somente na forma de pão e água...

Afirmou uma voz isolada. A de um vendedor ambulante, que mostrava o braço vermelho e ferido ao cientista Denoy Sigrist, que brecara na rua.

Ao lado do caboclo, seu cachorro sarnento também sofria na pele. Fora os males provocados por bernes, coçava os estragos que os carrapatos faziam...

—O pobre coitado do Nhô Ricardo, nunca faz mal a ninguém, gente! Só fala em religião. Prega contra os males do mundo, só...

Confirmava o pescador de tabaranas, provocando aglomeração.

—Nhô Ricardo é o protetor dos pobres. Um poeta da miséria e do mistério...

Classificou enigmático um mulato cara de maleitoso, tão barbudo quanto o peregrino.

—Não sei, não. Acho isso tudo muito ruim...

Preocupava-se um fazendeiro, apenas no que dizia respeito a arranjar colonos para suas terras. Nem ao menos olhando para as crianças ao seu lado. Ranhentas, cascorentas e barrigudas, fumando enormes cigarros de palha para tirar a fome...

—O tempo mostrará seus milagres. Muitos descendentes de itaquaquecetubenses que hoje o combatem, ainda irão rezar no seu túmulo, daqui há anos, pedindo o seu auxílio. Quem viver verá...

Comentou convidando à reflexão, uma senhora idosa. Velho chale de lã enrolado no pescoço enrugado, arrastando gastos e esburacados chinelos...

Extração de areia. Mais uma tarefa pioneira desempenhada por trabalhadores portugueses de Itaquaquecetuba ou Capela. A draga em funcionamento e a remoção do produto em barcos, rumo aos centros de consumo.

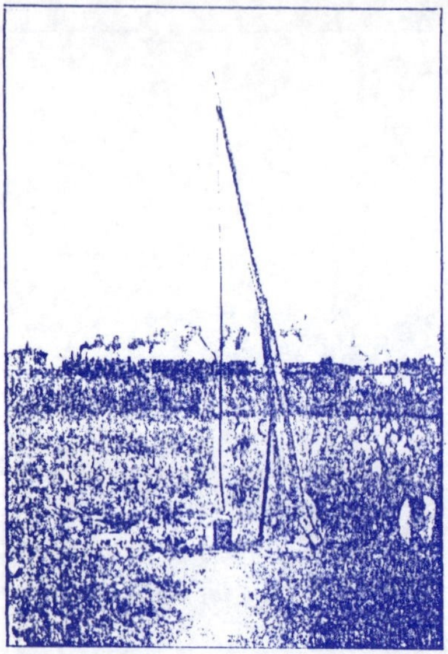

Toscas armações denominadas "picotas" ou "cegonhas", pelos portugueses. Por meio das quais os chacareiros da Capela, retiravam água do poço para regar plantações. E colhendo barro para ser transformado em tijolos.

A calma tomava conta envolvendo o mico e o mono, no pé da canela. O gato-maracajá, o tatu-canastra e a preguiça-de-coleira, escondendo-se por entre folhagens das maparajubas e quarubas-vermelhas. A codorna e a pomba-juriti, procurando a sombra da andiroba. O mesmo acontecendo com o anambé e o arapapá. Lagartos, lagartixas e grilos, mexiam-se lentamente. A saracura de pezinhos delicados procurava algo na mata fechada de solidão e silêncio. De barulho, apenas o coaxar de sapos e rãs...

Batendo asas freneticamente, só os beija-flores. O martim-pescador mergulhando de quando em quando, acompanhava a embarcação, que deslisava sobre as águas cruzadas por surubins, piaus, piracanjubas, visitadas por jabutis e tracajás. Daquele rio de rara beleza e fartura, cercado de valorosos troncos de madeiras nobres como angelins, ururatingas, jacareúbas, cedroranas, caviúnas, ingazeiros, sumaúmas, mognos, embaúbas-brancas, virolas, copaíbas...

Na colina da Capela, carne seca, farinha dágua e rapadura, não faltavam para a população. Sobremesa de banana assada com amendoim e mel-selvagem, mangabas, guaviras e jenipapos, completava as refeições. Alfazema era o perfume preferido das mulheres, que acendiam candeias de óleo de copaíba. Remédios? As caprichadas mesinhas feitas de pimenta-seca e raspa de chifre-de-veado. Urtiga-branca e jutai contra tosse das crianças. Coisas desse gênero. Bastavam. No oratório caseiro, poucas imagens de santo de madeira. E os homens mesmo atravessando logo cedo o espinhoso tapume dos gravatás, as folhas orvalhadas do uauaçu ou capim-redondo, viviam alegres. Eram felizes...

A vida prosseguia na Capela. Das modestas lavadeiras de roupa, tagarelas e rivais, "Dodora" e "Cambaia", que trabalhavam usando águas distantes (sem se preocuparem com o mico-preto ou o sagui-da-serra a espioná-las), não parecendo muito interessadas no assunto daquele pastor esquelético, conduzindo a nova religião que surgia. Continuavam disputavam quem entregava a roupa mais alva. Cada vez com maior brancura, era o alvo. Ao cientista romeno, aplicado estudioso das bromélias, em suas pesquisas e desenhando os mais belos exemplares...

Na olaria do italiano Sávio Giusti, o dia iniciara cedo com carroças transportando o material. Mistura de três elementos principais: a terra negra, turfosa, conhecida como "torba" (influência italiana), o barro branco, denominado "forte", e areia.

O material assim constituido ia para a "amassadeira" movida por animais, passando para as "formas" onde (quase sempre operadas por mulheres e crianças), lhes davam a forma característica do tijolo. Havia o processo da "secagem", ao ar livre e depois é que iam aos "fornos", onde ficavam a cozer de 90 a 100 horas, sob a ação do calor produzido pela lenha. Um forno de olaria, de acordo com seu tamanho, podia conter de 40 000 a 120 000 tijolos, de uma só vez.

Produção que barcaças especiais (batelões) conduziam (varejões apoiado no peito dos barqueiros), para consumidores da capital paulista. Assim como transportavam também, areia e pedregulho. Na preocupação da fixação do homem na região, portugueses, espanhóis e italianos, iam trabalhando em seus sítios, chácaras, ou como vendedores ambulantes, se integrando na massa dos nacionais.

Uns procurando proximidade dos "barreiros" (os italianos), para instalação de suas olarias. Outros, as varzeas, (portugueses) para seu cultivo de verduras. Onde o maior teor de umidade e notadamente grande facilidade para abertura de poços explicam a preferência. Ali, instalavam "picotas" ou "cegonhas" — toscas armações colocadas na beira dos poços, em que os chacareiros lusitanos retiravam água para regar suas culturas. Não havendo canais de irrigação, para alface, couve-flor, cenoura e repolho, passavam o dia a manejar "manivelas" e "sarrilhos"...

Para adubação tanto de legumes, como para copos-de-leite, cravos, margaridas ou dálias (não conheciam a química), usavam apenas lixo.

"Portos de areia" (tradicionalmente explorados por lusos), ainda eram poucos, mas haviam os "estaleiros". Para atender às necessidades da navegação fluvial, fabricavam-se e consertavam-se barcos nesses pequenos locais, que se erguiam às margens do Tietê.

Os barcos que trafegavam nas águas do maior rio paulista, costumavam medir 12 metros de comprimento por 2 de largura na parte mediana. Sua carcassa era de pinho, mas o fundo, construido de peroba, para melhor resistência ao contato com a água. Suas extremidades traziam pequena cobertura, denominada "casinha", que correspondia, ao "castelo", do praiano de Santos ou ao "galpão", do piracuara do Paraíba.

A "casinha" da ré (popa) era a maior e dava para abrigar dois homens deitados; já a do "bico" (proa) bem menor. Ambas serviam para guardar objetos, roupas, mantimentos etc. Embora a maior fosse utilizada, muitas vezes, como abrigo para aqueles que lidavam com a embarcação.

Esses enormes barcos, podiam conduzir — sem motores, simplesmente no peito, à força de remos ou de varas — 7 toneladas de carga! O que correspondia a quantidade de 5 000 tijolos, ou 7,5 metros de areia, ou ainda 7 metros de pedregulho...

A pequena indústria de barcos, tinha um caráter doméstico, pois aqueles que nela trabalhavam pertenciam quase sempre à mesma família. Que juntos (três ou quatro pessoas), construiam um barco desse tipo em quinze dias.

O "estaleiro" do espanhol Ramon Iarny, fabricava barcos também para o vale do Paraíba (São José dos Campos, Aparecida), Ribeirão Preto, e até mesmo para o Rio de Janeiro...

O cientista romeno Denoy Sigrist preparava-se para nova expedição e desta vez, sozinho. Não tinha a intenção de ir longe para obter espécies sempre diferentes. Uma fascinação para o homem de ciência que prometia nunca mais abandonar a localidade tão rica em vegetais. E ao regressar descreveria para a esposa, as características anatômicas das plantas conseguidas. Proporia mudanças na classificação científica e até poderia apresentar novas espécies, descobertas por ele próprio. Tinha certeza.

Aconteceu que embrenhando-se na espessa mata de paus de umarus, e ucuúbas, protegendo a beleza de jaciras e jacamins, ficou estarrecido. Encantou-se com a ligeireza do sagui-poranga, com o canto da araponga, da siriema. Carregando seus equipamentos nas costas, parava a todo instante, fascinado com a primitividade e pureza daquele lugar de florestas virgens, contendo infinidade de sons e cores da natureza. Estancou, disposto a fazer desenhos e relatos a respeito de um paraíso. **Habitat** de lontras e ariranhas, bandos de barulhentos monoscarvoeiros. Capivaras, pacas, ouriços-pretos e veados-campeiros...

Ficou abismado com quantidade de paus-brasil; um jequitibá com mais de 50 metros de altura, e parou embevecido com a beleza do galo-da-serra. Entretido com os vôs de biguás, irerês, gaviões, e pasmo com o que nunca tinha enfrentado: os espinhos venenosos da iuruparipina ("anzol do diabo"), das matas fechadas. Em compensação distraiu-se acompanhando o mico-leão-preto, e demorou para dar em si. Escureceu rápido e o homem permaneceu imóvel, boquiaberto e estonteado com a sucessão de imagens, de um mundo que seria dizimado pela civilização. Vegetais, insetos, anfíbios, répteis, aves, mamíferos...

—Esta lua, e as estrelas que brilham neste céu, estarão aqui daqui a 100 anos, enquanto que a mata, não sobreviverá ao impacto da ocupação humana. Disso tenho certeza...

Pela manhã ainda encontrou cacos de cerâmica, restos de panelas e urnas mortuárias de índios. Além de raro fogão de barro, indígena, depois da terra ter sido revolvida por porcos-do-mato. Passara fome e sede, mais do que o previsto. Ficou ensopado com inesperado temporal e pior...perdido nas matas. Como fazia três dias que o homem não dava sinal de vida — nunca demorara tanto, e como alimento levara apenas poucos pãezinhos de mandioca secos no sol — a esposa Nivoni, desesperada, apelou para os vizinhos. Que de pronto atenderam o pedido de socorro e sairam em busca do cientista.

—Atrás da ingenuidade da beleza das flores da ingazeira, pode estar o ataque assassino da fera...

Alertou o experiente mateiro Bentinho Saquarema, físico acabado por inúmeros e contínuos ataques de malária. Mateiro dos melhores, da região...

Na casa, entre espectativas e chás calmantes, alguém sugeriu:

—Vamos pedir ao Nhô Ricardo, a salvação do doutor. Não custa. Basta ter fé...

Uma reza coletiva foi imediatamente providenciada pela cozinheira Advan. E no dia seguinte pela manhã, não deu outra. O cientista foi encontrado são e trazido pelos caboclos mateiros, que o procuraram a noite inteira. Abraços de boas vindas, lágrimas e sorrisos. Agradecimentos, comemorações. Arranhões e picadas de insetos mas o cientista contabilizara gratas surpresas. Encontrou meia dúzia de bromélias desconhecidas, e uma delas, a mais palpitante, excessivamente grande. Uma espécie dinossáurica entre as bromélias.

—Não teve medo de onça? — Preocupou-se a esposa, mexendo em vistosa orquídea "orelha-de-burro".

—Era tanta beleza, minha querida, que nem tive tempo de pensar nela...

Com a volta do marido e a sensacional descoberta daquela espécie primitiva de bromélia (que era polinizada apenas por insetos e não por pássaros), o agradecimento ao Nhô Ricardo acabou sendo esquecido, pela mulher do cientista. O casal só falava nas descobertas. Em especial aquela grande de folhas rajadas e irregulares. Comentavam sobre os ciclos de vida e nos aspectos moleculares das plantas. Que saídas de seu **habitat**, seriam cultivadas no quintal, junto ao pé do florido manacá.

E era onde estavam alegres e sorridentes. No jardim onde já repousavam outras, que por ser vistosas e resistentes, muitas delas produziam flores que duravam meses. E cercadas por inúmeros beija-flores.

—Por suas várias relações na cadeia alimentar, as bromélias funcionam como uma verdadeira amostra da saúde de uma floresta. Uma mata tropical sem bromélias significa mata doente...

Expunha o romeno Denoy Sigrist, enquanto a esposa Nivoni servia refrigerantes aos convidados, e entre eles o faz-tudo "Totó", o Sebastião Ferreira dos Santos, o Calazans José Barbosa, da "Fazenda Casa Grande Velha", o José Pinho, o João Baptista dos Passos, a esposa Josefina Maria de Moraes e o pequeno Gentilzinho. O João Barbosa de Moraes, o Sávio Giusti, o Ramon Iarni e outros que vieram saudar o cientista pelo salvamento.

E obviamente presentes, os caboclos seus salvadores. Alguns dos quais não sabiam o que era uma capital. Nunca tinham visto uma cidade grande, o mar, poucas vezes na vida pegaram em cédulas e moedas. Não conheciam escola, nem médico e jamais algum sinal de civilização. Mas tinham qualidades, eram amigos, solidários, prestativos. Sem pestanejar, auxiliavam-se mutuamente.

—Numa precisão? A qualquer hora...

Comentou o mateiro Bentinho, passando a mão na canela magra, em direção da cicatriz (fôra vítima de picada de serpente), definindo e mudando logo de assunto.

A roda foi formada debaixo da palmeira carandá, no meio do pátio da casa, e as violas passara a gemer. Sons acompanhados de palavras soltas, e a nova rodada de cachaça com cambuci chegou bem antes do que imaginavam...

Mas, e o santo-homem? Fôra esquecido naquela casa? A cosinheira Advam, discretamente abaixou-se e rezou agradecida, por Nhô Ricardo pela graça concedida.

Afinal quem era aquele Nhô Ricardo, que na opinião popular, ainda vivo, já fazia milagres?...

Que levando vida de duras privações (não comia carne e fazia frequentes jejuns), numa época de calmaria e pasmaceira, se destacava dos demais, a ponto de já perturbar tanto as autoridades locais? Bandido assaltante de estrada, não era. Doente mental, crente criador de seita religiosa a arrastar fanáticos pelos arraiais em que passava? Um líder de embrionários grupos de sem-terra? Cada interpretação surge conforme a época.

—Um promíscuo, irresponsável, a conduzir mestiços ignorantes. Fantasiados com o símbolo da pureza, o branco; nas suadas e poeirentas vestimentas...

Definiu o estrangeiro padre local, pele clara, macilenta, sobre o novo pregador. Em sermão na Igreja Nossa Senhora da Ajuda.

Dócil, de boa índole, desconfiado (como todo caboclo), sem estudo, linguagem rude, grosseira, permeando termos sertanejos, como "capuaba" (roça) e "bogó" (pequena bolsa de couro), e talvez acometido de demência. Passava noites inteiras e seguidas, sozinho, orando na igreja. Estatura regular, cabelos longos, barba comprida, já grisalha, olhos fundos movendo-se de vagar e físico seco. Assim alguns viam a figura do beato.

Camisolão branco-sujo de algodão grosso e cajado em riste. Arrastando os pés grandes e descarnados, protegidos por sandália de couro cru, na poeira das estradas desertas, Nhô Ricardo, pregando religião e garantindo ser enviado de Deus, foi se tornando lider aos poucos. Praticamente sem querer. A princípio encantado com as pregações dos padres, e depois agindo por sua própria cabeça.

Pequena parte dos moradores tinham pelo seu chefe religioso, verdadeira veneração. As autoridades temiam que a tendência aumentasse, e o clero não via com bom olhos o concorrente. Os mandatários pensavam até (exageradamente) numa revolta popular, que poderia surgir dali, já que tinham passado recentemente do Império para a República. Como naquele tempo, só aos padres cabia a palavra religiosa, eles passaram a ser duros em seus sermões, contra as práticas de Nhô Ricardo, assim que notaram aumentar o fervor dos seguidores do beato, que prometia a salvação eterna a seus adeptos...

—Nhô Ricardo é Cordeiro de Deus! Como Jesus Cristo, ele é cercado de apóstolos!...

Passando a ser visto como um mártir perambulando com seu grupo, que anunciava o Juizo Final, citando haver "um só rebanho e um só pastor"...

—Tudo não passa de fantasia. Deus, somente existe nas palavras da Igreja Católica...

Resumiu o bispo de rosto sanguínio, preocupado com a oratória do lider espiritual. Com ares de infalível como a própria morte. E que fôra chamado às pressas em Mogi das Cruzes. A fim de rezar uma missa em Itaquaquecetuba, contra aquele que sem nenhuma formação religiosa estava tornando-se lider da comunidade. Novamente os seguidores do beato ficaram contra, de maneira gradativamente hostil. Vaiaram.

Pela primeira vez em todos os séculos da igreja Nossa Senhora da Ajuda, desde os tempos dos indígenas construtores, tal ruido ecoou em suas paredes de taipa...

O bispo irritou-se. A ponto de nervoso e em brusco movimento derrubar dois castiçais de uma só vez. Achando que não precisava passar por aquilo. E tudo devido a um leigo proferindo palavras em nome da religião. Uma afronta que precisava ser aniquilada. E antes de partir gritou que aquela doutrina era falsa. Os adeptos do peregrino, que chamavam de "biblado" alguém que conhecia a Bíblia e um pouco de latim, considerados armas fundamentais para enfrentar os padres, reagiram. Um deles gargalhando gritou com arrogância:

—Vossa Reverendíssima é que tem uma doutrina caduca e ultrapassada, não o nosso mestre!...

—Você está endemoniado, infeliz!...

Recebeu em troca...

No outro extremo da praça (ponto principal dos 400 anos deste livro), em trecho afastado da igreja, alguns habitantes conversavam animadamente, sobre assuntos dos mais diversos, enquanto tropeiros de Minas Gerais passavam com seus animais, procurando pouso e pasto. O italiano Miguel Laurindo e o Nito Ponteiro (que não fazia pontes), batiam papo descontraído com o Guilherme Frade (que não rezava missas).

Próximo do local, o coveiro Cabral e o Nito Candinha, já bem "manguaçados", prosseguiam na combinação da pescaria para mais a tardezinha. Um querendo que fosse na "Pedra da Felomena", outro que se realizasse na "Pedra da Maria da Silva". Enquanto o passarinheiro Zé Florinda, três gaiolas próximas, e seus respectivos arçapões armados, punha o dedo nos lábios e pedia silêncio ao português Anacleto, que falava alto.

Outros jogavam truco no fim da tarde.

Às gargalhadas, o capitão José Leite de Camargo, contava piadas (não muito de salão) para um grupo interessado. Mais afastado o Antônio Berbiano, mantinha sua cara fechada, de bugre enfezado e pouca conversa. Só observava o movimento, ouvindo exageros de um caboclo:

—Estou vindo do Arujá. Era tanto o calor por lá, que urubu voava com uma asa, e com a outra se abanava!....

A família de um dos pioneiros da cidade, Sebastião Ferreira dos Santos. Sub-delegado e aforador (responsável pelo repasse das terras da igreja, para os integrantes da comunidade). Além de construtor da estrada, de Itaquaquecetuba até Santa Isabel.

Na cena da procissão, o homem de barba crescida, carregando estandarte, é Nhô Ricardo. Beato e rezador do início do

A massa líquida e transparente do Tietê refletindo ora o azul do céu descoberto, ora o compacto da mata, como borrões esverdeados, exibia suas praias de pedras e areias brancas. Onde a corruíra (cambaxilra ou garrincha), a gralha-azul, o cancã, o murucututu-de-barriga amarela, o japuaçu e a galinha-do-mato, vasculhavam...

Alem do mimetismo, ou seja, o fenômeno de alguns insetos tomarem a cor e o aspecto de flores, cascas de pau, folhas e gravetos, tinha também na natureza, a simbiose. Ou seja, a associação de dois seres vivos na qual havia benefícios mútuos. A árvore imbaúba, possuia cerne e caules ocos onde formigas por comodidade faziam seus "ninhos". Nessas paredes internas, havia uma espécie de calo de que elas se alimentavam, sem prejuizo para o vegetal. Assim, as formigas viviam protegidas e ao mesmo tempo o entra-e-sai desse inseto guerreiro constituia eficiente defesa contra possíveis inimigos da imbaúba...

Denoy Sigrist exibia bela orquídea, cujas cores iam do amarelo-canário ao verde-cana. Botanicamente era uma planta da família das orquídeas do gênero **vanila planifolia**. Hermafrodita por se encontrarem os orgãos femininos e masculinos separados por uma membrana. Mas a fecundação nunca se processaria expontaneamente, sem a interferência do inseto hibridador.

Daquela orquídia saia a baunilha, para aromatizar doces, bolos e sorvetes. Preciosidade conhecida há centenas de anos pelos nativos. Mal acabara de explicar, o caboclo aproveitou a deixa:

---O que já cacei? De onças acho que umas trinta. Veados, pacas e porcos-do-mato, quando a conta subiu muito, parei...

Mais um gole da branquinha e o contador de "causos" e caçador, "Tuim", prosseguiu:

—Do mato só não matei índio e capelobo (misto de capeta com lobo que povoava a imaginação dos caboclos)...

Mais um bate-papo em festa na casa de Denoy Sigrist, que começava cedo. Quando a picaparra iniciava seus primeiros cantos, atingia a hora do beija-flor vermelho refletir em suas penas, as cores do arco-iris, penetrava pelo anoitecer, tendo o corujão-orelhudo saido na beira das matas e capões, e prosseguia sabia-se lá até quando.

Motivo? Não precisava. Quase sempre após os cinco dias de trabalho árduo do cientista, com suas pesquisas e desenhos, reuniam-se ali tanto figuras proeminentes da Capela, a discutir as últimas novidades, como simples caboclos dispostos a jogar conversa fora.

Em todo caso, para justificar o injustificável, Denoy Sigrist resolveu denominar aquela reunião, como homenagem a um amigo belga que o visitava: Max Kandler. Ornitólogo (que estuda os pássaros) e especialista em fitoterapia (uso de plantas para fins medicinais).

Tinham informado que o homem só bebia infusões medicamentosas. Devido a isso, a esposa de Denoy Sigrist, Nivoni, havia ordenado à cozinheira Advan, que preparasse chaleiradas de eficientes chás de camomila, erva-doce e capim-santo...

—A fitoterapia é ciência tão antiga quanto a história da humanidade! Os chineses, 3 000 anos antes de Cristo, já conheciam e utilizavam os poderes de muitas plantas!...

Entrou declarando o cientista, mas calou-se repentinamente, tão encantado ficara com a residência que o acolhia. A casa do anfitrião, de construção engenhosa por sistema de barro socado ao sol, armado por andaimes, portas e janelas de madeira maciça e velhas fechaduras enormes, despertara por demais a atenção do visitante. Destacava-se das outras casas baixas, pequenas, com paredes de taipa, beirais simples e janelas de quilhotina; semelhante a cenário de peça infantil. E que acima de tudo, representava o eixo cultural do lugarejo.

Um museu. No acervo, de artistas populares e famosos, entre as esculturas — havia uma pequena imagem de Nossa Senhora das Dores, atribuida a Antônio Francisco Lisboa, o Aleijadinho — de olhos rasgados, característicos do estilo do gênio do barroco mineiro, e que impressionava pela beleza do rosto e movimento de pregas nas roupas (panejamento). Além de pinturas, havia artes em desenhos e suas variedade de estilos, em tecelagens, entalhes, gravações, cerâmicas, modelagens, jóias, pratarias. E o local, sempre aberto à visitação.

Ficava nas proximidades do trecho denominado "Rio da Pedra", na beira do rio largo e profundo, de margens arborizadas. E logo na entrada havia uma imagem de santo que merecia olhares demorados. Obra do escultor Dito Pituba. (Benedito Amaro de Oliveira, santeiro popular que se dedicava a produzir imagens em larga escala, para povoar os oratórios familiares paulistas, da época).

Outras estátuas menores semeavam o jardim . Executadas em pedra, madeira, barro secado ao sol, por artistas, também ótimos, que apenas não assinando suas peças sacras, não deixaram seus nomes registrados na História. As paredes forradas de quadros. Desenhos e pinturas do dono da casa e presentes de artistas amigos, que fizera por onde passara...

O especialista em pássaros (e plantas) foi timidamente contando aos presentes tudo quanto estudara e sabia. O sabiá-laranjeira (na época de ter filhotes as penas da fêmea ficam cor de laranja bem forte, dai o nome da ave) que todos queriam que fosse a ave símbolo do Brasil, não era. Vivia também na Bolívia, Paraguai e Argentina.

—O bem-te-vi consegue viver bem na cidade porque é omnívero, isto é, come de tudo. A pomba é estrangeira; veio da Europa. E o pardal (que alguns confundem com o tico-tico), é recente. Trazido ao Brasil em 1903, logo se espalharam. Acostumou-se tanto com o homem, que não consegue viver onde não há gente. Gosta mais de semente, pedaços de pão do que insetos. O tico-tico, por sua vez, deixou as cidades e foi para o campo...

Garganta ressecada, o ornitólogo belga deu uma parada na explicação. Pequena pausa e enguliu em seco, como a esperar que lhe oferecessem algo para tomar.

E os chás da Advan não chegavam...

(Conta-se que a iniciativa da vinda do pardal, foi do poeta Olavo Bilac, impressionado com a mansidão da ave que no inverno ia buscar comida na mão das pessoas, em Paris. Só que veio por engano; foi trocado por outro pássaro. Pereira Passos, o prefeito do Rio de Janeiro, encomendara 200 casais de melros. A pessoa que fôra à Europa buscá-los, mais precisamente em Portugal, não conhecia o aspecto dos pássaros encomendados. E, embora pedisse melros, recebeu pardais)...

Depois, dando uma folga aos pássaros, foi em direção das plantas.

Outro assunto que o belga conhecia profundamente e viera aperfeiçoar seus estudos em Itaquaquecetuba.

—Também os antigos egípcios, gregos e romanos, recorriam à cura pelas plantas...

Uma rodada de cachaça foi sugerida por "Tuim", que já estava ansioso para aparecer e voltar a falar sobre suas caçadas. O estrangeiro não recusou o copo, apreciou e até repetiu a dose. Parecia ser chegado em água que passarinho não bebe...

—Que chazinho que nada! O homem lambeu os beiços! Já notei que é irmão da ópa!...

Resumiu o "Tuim", entusiasmado com a nova descoberta e provavelmente amizade. O belga parecia ser adepto do copo cheio...

—Na Idade Média, o uso das plantas para curar doenças diminuiu muito, isso porque sua prática sempre esteve mesclada com a magia, com o misticismo. Bruxaria, para a Inquisição. Mas nos mosteiros, os monges continuaram a praticar a fitoterapia, pois consideravam como uma das obrigações cristãs cuidar dos doentes e aliviar suas dores...

Em seguida Max Kandler (após nova rodada de pinga pura), mais insentivado pelos vapores alcoólicos do que entusiasmo dos presentes, pôs-se a falar sobre as plantas muito conhecidas e suas utilidades para a população.

Começou citando o sassafrás, a salsa, a arnica. Chegou no alecrim, na alfazema, atingindo até a babosa. Porém, não era assunto de interessar muito para a maioria de caboclos, já bastante encharcada de cachaça.

Por ali, quem fazia chá era mulher. Os homens preferiam assunto sobre passarinhos...

Até que a platéia pestanejando, ficou totalmente sonolenta. O único ainda meio esperto era o caçador "Tuim". Ansioso para falar, esperando ainda ter o que restava do pessoal, como seu ouvinte. Não achava um jeito. Até que vibrou, havia encontrado:

—Escutam! Estão ouvindo cachorros latindo ao longe. Estão caçando. E por falar em caçada, uma vez, eu estava...

Todos foram se despedindo e o caçador ficou falando sozinho...

Na madrugada quando saia o último convidado, novos amigos surgiam: os pássaros. Que invadiam a casa como moscas, parecendo também homenagear o ornitólogo belga Max Kandler. Cada um na sua. Querendo a todo custo (como o "causista" "Tuim") aparecer e mostrar a especialidade.

A ousada rolinha (pomba-paulista) passou a dar passinhos pelo chão, exibindo seu andar rápido. O delicado sebinho, peito amarelo, apreciador de néctar das flores, pendurou-se quase de cabeça para baixo num galho florido, para conseguir um pouco de mel. O pequeno alma-de-gato, foi esgueirando-se no parapeito da janela, à caça de insetos, mostrando toda a sua agilidade.

—As aves são os termômetros da vida humana... —Ainda se ouviu do ornitólogo Max Kandler...

O joão-de-barro voltou cedo para dar prosseguimento na construção da sua elaborada residência, no galho horizontal do arvoredo pegado ao lar do cientista Denoy Sigrist. O pica-pau-benedito procurando um bom tronco próximo, para dar início a sua operação de esburacar. O quero-quero, embora preferisse as áreas de campo aberto, não deixou de passar pela casa, a cata de alguma coisa. Nem que fosse para marcar sua presença.

Como também fizeram sanhaços, trinca-ferros, curiangos, tizius, corrupiões, téquitéquis, sem-fins, andorinhas, chupins, saíras, cardeais, gaturamos, canários-da-terra e periquitinhos-verdes, sobre ipês e jequitibás.

A corruíra, saltitante e cantadora, que havia feito seu ninho dentro do chapéu de explorador, do anfitrião, foi a única a agir ao contrário. Saiu da casa onde dormira. Alegre, parecendo querer agradecer a palestra...

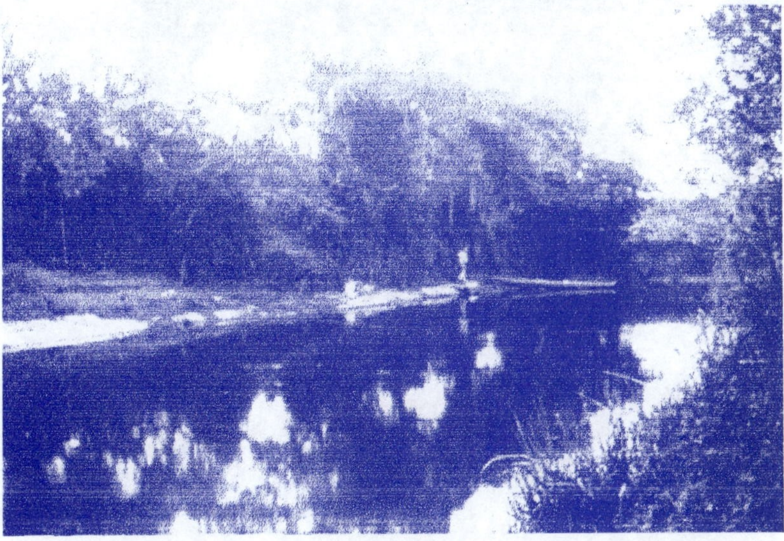

"Rio da Pedra", belo recanto na forma de praia de pedras. E outro trecho do rio Tietê, também frequentado no passado, pela população da Capela, como área de lazer. Assim como a "Pedra da Felomena" e a "Pedra da Maria da Silva". Vítimas do progresso.

Primeira casa construida com tijolos, na praça padre João Álvares. Pertencente a Sebastião Ferreira dos Santos e muitos anos depois, transformada em Prefeitura. Violeiros da "Dança da Santa Cruz". Criada por jesuíta, para atrair o nativo na catequização.

Na praça principal da Capela, choquinhas, bicudos e papa-formigas agitavam-se nas copas de guatambus e palmeiras tucum. Enquanto nos arbustos, o camaleão mudando de cor, passava despercebido e não era perseguido pela molecada que por ali vendia amendoins.

Garotos discutiam, antes de se agredirem:

—Maldito "portuga"!...

—Capelense comedor de içá!...

Retrucava o outro, revelando o sotaque luso. E ambos já pegando seus paus de piúvas e guatambus...

Alguns vendedores ambulantes remexendo baus, sacos e trouxas, esparramavam suas mercadorias: espingardas velhas e aviamentos de caça, lampeões, facões, cachimbos, tralha de pesca. Trens de cozinha, como gamela de barro, panela de ferro, pratos de latão e porungos para água. Engradados com frutas coroas-de-frade, bocaiúvas, gabirobas, outros contendo rolinhas-fogo-apagou. A banca principal era do Nito Sapupira, também conhecido como "Bitu", pertencente a "Igreja do Sétimo Litro", que já bem bêbado mascava um naco de carne-seca. Ao mesmo tempo em que separava o garrafão de mel-de-pau, do vidro de pimenta-morupi e da garrafa de jurubeba. Além de maços de espada-de-são jorge e alecrim.

No meio de vegetais aromáticos, resinosos, oleaginosos e perfumados, uma mulher procurava planta carnívora, o que fez o cientista que a acompanhava, Denoy Sigrist, afastando raízes, cipós e ramagens, consertar:

—Carnívora, não! Dito assim dá a impressão de que são vegetais capazes de prender um animal, absorvendo-lhe o sangue e a carne. O que realmente existe é a planta insetívora, possuidora de folhas sensíveis ao toque, que se fecham, aprisionando insetos para servirem à sua nutrição...

Entre os amigos reunidos na "venda" ao lado da igreja, para o vinho da tarde, conforme costume europeu, o romeno Denoy Sigrist e a esposa Nivoni, o espanhol Ramon Iarni e a mulher Eny, o italiano Sávio Giusti, Hilda e a loira. A formosa filha Circe, chapéu florido na cabeça, a fim de evitar os raios do sol forte na pele. Ao invés de discutirem sobre os poderes do santo-homem, preferiram algo mais divertido, chamando para isso, e animar o papo descontraído, o Nito Sapupira. Que jogara sua tralha na praça, em local mais próximo do bar.

Caboclo muito conhecido. Arisco como cachorro-do-mato. Mulato franzino, baixote, carapinha esbranquiçada e idade nunca revelada. Calça, paletó-branco-sujo e descalço. Cinta de embira, colar de sabugo de milho pendurando um patuá. Na orelha trazia um galhinho de arruda outro de guiné, escondidos no bolsinho da camiseta. Curador de profissão. Também macumbeiro. Um bruxo. — Diziam as más línguas. "Bitu" atraia mulher e peixe com um mesmo assobio longo e melancólico...

Antes, o convidado foi até o trecho em que o compadre dele, outro folgado, o fogueteiro Ambrozino, estava deitado e estufado feito sapo gordo, de olho nas mantas de carnes secando dependuradas nos varais, em plena praça, no meio das jarauassicas e tajamembecas.

Por sua vez, levando-o também, já que tinha sido convidado para uns tragos. Ambos não se fizeram de rogados. Jamais o maior cara de pau, da época, recusaria um convite daqueles: tomar vinho estrangeiro em companhia de mulheres... Elegantes, educadas e bonitas.

Sentou-se na mesa de banho vencido. Cheirando mistura de patchouli com suor, fez uma oração. Ergueu as mãos para o alto em louvor e completou com o sinal da cruz. E pediu uma cachacinha de entrada. O compadre não rezou mas mal sentou-se, repetiu o pedido final. Afastando a banha de mocura contra erisipela.

Nito Sapupira jogou no chão o sapiquá encardido que trazia. Com o impacto abriu-se dele saindo rosários, velas, charutos e fitas de várias cores. Bentinhos, salmos, raspa seca de limão galego, pedra crisólita, um pequeno vidro contendo óleo de oliva e saquinhos com ervas das mais estranhas. Vários amuletos e patuás...

As mulheres recuaram enojadas. E preocupadas ficaram quando o recém-chegado colocou sobre a mesa do bar, por entre moruré e manacá contra dores gerais, uma estrela de cinco pontas emendada em outro enigmático objeto de metal, na forma de pênis...

Sentou-se já ligeiramente embriagado. Guardou a porção de erva-abre-caminho e capim-são josé. Mal colocou o copo na boca destrambelhou a língua.

—Curador de boi e gente às suas ordens!...

Espalhou rosa-branca, mama-cadela e alecrim, na mesa e maleducadamente pegou somente nas mãos das mulheres. Que não o conheciam, despresando os homens.

—Curei a bronquite do compadre, aqui presente com chá de poáia, a febre com caferana e quina, e o sarampo, com chá de sabugueiro. Não foi Ambrozino?

O outro que entrara mudo e permanecia, só abrindo a boca para beber, concordou com movimento de cabeça. O curador, para sorte dos presentes não citou a camembeca que curou a diarréia do compadre. Passou a dar receitas a torto e a direito, sem que alguém pedisse.

—Sucuúba com mel de pau, contra tosse! Melado de aroeira conserta torsões e fraturas! Pisadura de cavalo? Óleo de capivara cicatriza rápido!...

Pegou a garrafa de vinho, encheu o copo e mandou três goles demorados. Falando em banha de galinha e gordura de cobra. Raspa de juá, mel de eucalípto e até testículos de galo preto, cortados em cruz...

—E contra embriaguês? — Provocou Hilda. Mais corajosa, tentando uma indireta em direção do extrovertido caipira. Que mais uma vez não se fez de tímido.

—Como curar bebedeira? É fácil. Colocam-se três pequenos lambaris vivos, numa garrafa de pinga. Depois, apenas três goles são dados ao viciado, sendo o resto jogado no rio. É o quanto basta. A água levará os peixinhos e o vício...

Os estrangeiros olharam uns para os outros, enquanto o homem prosseguia feito matraca.

—Agora, se quiser, pode também engulir os lambaris vivos. Eles comem todos os vermes do intestino...

O cientista romeno Denoy Sigrist sorriu, e o caipira tomou aquilo como ofensa.

—Está duvidando, doutor?

—Não, não, apenas achando curioso, o seu método fora do comum...

—Quanto ao asmático, já o peixe recomendado é outro. A a piaba. É só o doente cuspir na boca dele e devolvê-lo ao rio. Pronto! E em três tempo está curado...

Quando quis ir mais além, em suas citações de cura, os estrangeiros procuraram mudar de assunto. Mesmo assim o inconveniente Nito Sapupira, o "Bitu", ainda prosseguiu o suficiente para explicar sobre um tal óleo extraido da cabeça do dourado. Era a seu ver, excelente contra a sarna...

—E as nadadeiras dele, torradas na chapa do fogão a lenha, reduzidas a pó, junto daquela casinha de barro, de formato comprido, do marimbondo que vive nas paredes do rancho, então? Para evitar recaída de parto, dá-se à mulher, tudo bem misturado e apenas três pitadas do pó.

Nessa altura o italiano Sávio Giusti pediu nova garrafa de vinho, tentando derrubar ou fechar de vez a boca do curador, macumbeiro e o que mais fosse.

—Tem outra coisa, doutor, possuo um remédio para quem quer ganhar uma mulher, que é infalível! Uma só dose, e a mulher gruda mais que carrapato em boi magro. Mas custa muito dinheiro.

Arrependido de ter chamado o homem, de ar abestalhado falando sem parar. Só que de bobo o caipira, se lambusando com mandubés e lambaris fritos, não tinha nada, pois convivia pacificamente como marido, de nada menos que, sete mulheres. E todas tinham o maior prazer em afirmar que Nito Sapupira, dava conta do recado...

Diziam que nas sete casas, o bruxo tinha para mais de 60 filhos.

Esse era o assunto que queriam ouvir dele. E por isso o tinham chamado à mesa. Mais uma vez deram corda ao falador.

—Ovelha mansa, mama em todas as tetas, patrão! E casa sem mulher, é feito inferno sem capeta!...

Os estrangeiros riram.

—Que figuraça! Desengonçada, atrevida e engraçada! Petulante! Mas, diferente! Taí, gostei...

Comentou uma voz feminina. A jovem italiana, Circe, se manifestando. Chapéu de palha sobre a mesa, cabelos de mel ao vento, pele clara, contrastando com a escura e suada do curador. Fazendo pouco caso.

Pela primeira vez, o fogueteiro Ambrozino tentou falar alguma coisa mas o curador não permitiu.

—Você fica no seu canto, que de mulher você está mal. A Tiburciana, a mulher do compadre, é igual xuxu de cerca: dá o ano inteiro. É fruto que não tem gosto, mas se ele não aproveita, o vizinho come...

Os homens riram e Eny, baixo, em direção de Hilda, reprovou no ato a piada, achando-a de mau gosto.

Fazendo ouvido mouco e crente que estava agradando, o descarado caboclo língua solta prosseguiu:

—Tive muitos casos passageiros. E alguns até inconfessáveis, com mulheres sérias, caseiras e perfumadas. —Admitiu e garganteou o convencido magrela. —Meu negócio é mulher, mas não sou de bater perna atoa...

—Que tipo mais cretino! Caipira metido à besta! Ignorante e inoportuno! Quanta afetação, empáfia, arrogância e presunção, numa só pessoa! — Explodiu Eny.

—Convencido! Reles fofoqueiro e calhorda; machista atrevido e obceno... — Concordou a amiga Hilda.

Não revelando na mesa, o garanhão, o segredo de seu encanto ao conquistar tantas fêmeas. Só mencionou o número de esposas, sete...

—Cuidado! É número de mentiroso.

Brincou a bonita e atraente loira. A jovem Circe, arregalando ainda mais os olhos verdes.

—Sou seu bitu e cuidado deve tomar você, minha linda tanajura! —Rebateu de pronto, bem bêbado, o abusado caboclo baixinho, feio e anti-galã, de olhos fixos nas pernas cruzadas da moça.— Confio em mim. Nitinho Sapupira, o "Bitu", é madeira que cupim não rói...

Deixaram de lado o inconveniente falastrão, seu mudo compadre (que sairam da mesa resmungando) e resolveram mudar de assunto. Novamente veio a tona, a romaria do beato, arrebanhando cada vez mais adeptos.

Uns acreditando em seus poderes, e elogiando, outros indo contra e até aprovando a medida de que Nhô Ricardo não devia permanecer na localidade. Tendo a esposa do cientista passando a falar sobre o tema preferido do casal, bromélias. E encerrando logo o assunto do beato:

—Afinal, que mal ele poderá trazer?...

Enquanto num dos trechos distantes, das matas de tamanqueiras, pojós e melancieiras, indiferente ao que falavam dele, Nhô Ricardo seguia seu destino. Abaixou-se na poça de água turva, parada, cheia de alga e bebeu o líquido quente, que lhe caiu na boca, como cristalino.

Sempre acompanhado por membros da população mais carente da localidade, deu um pouco da água salobra a uma mulher que o acompanhava.

—Pura e fresca. Como se tivesse sido tirado da fonte de pedra, debaixo de protetores arvoredos...

Repetia para todos a mulher encantada com o fato e limpando a boca com a mão.

—Somente uma pessoa escolhida pelo poder divino, faria tal milagre...

Deduziu outro acompanhante sobre o homem, que ninguém sabia onde tinha nascido.

Na praça principal, de jacarandás e paus de mulateiras protetores de cotingas e anambés-vermelhos cantadores, o padre que tinha rixa antiga com o profeta, convocava os fiéis da igreja. Batendo sempre na mesma tecla: pessoa alguma podia pregar religião, sem autorização eclesiástica. Pedindo até auxílio policial contra o pacífico andarilho e "perturbador lider social".

—Mais um falso Messias a vagar por ai...

Tentava o pároco local, convencer autoridades e ao mesmo tempo procurando ganhar terreno junto a população, no combate ao religioso autônomo. Inúmeras pessoas da comunidade estavam fugindo para unir-se ao líder. Largando o trabalho nas fazendas e nas pequenas roças, para seguir o "bárbaro pregador".

—Um fanático! Hipnotisador, mórbido e inconsequente. Explorador de misérias alheias...

Sentenciou o juiz que foram buscar para os lados do vale do Paraíba, afim de que assistisse de perto a "Marcha da Fé", como já estavam chamando o "revolucionário movimento cristão". Autoridade que em seguida solicitou audiência com o delegado, afim de juntos discutirem sobre uma possível construção de trincheiras. Envio de barracas, bacamartes, sapatões, perneiras, cobertores, alimentos, muitas armas e munições...

—Falso herói. Isso sim...

Proferiu um sub-delegado, vindo de fora afim de investigar o fato, aderindo e querendo subir de posto. Como se destruidoras colunas inimigas estivessem invadindo Itaquaquecetuba.

Nhô Ricardo e seus pobres seguidores não haviam estabelecido um local especial na povoação. Tinham pequenas bases operacionais (ranchos), apenas para descanso do físico, em regiões distante e mais ou menos abandonadas. Onde alimentavam-se (com o que lhes davam), banhavam-se nos córregos e repousavam. Qual a preocupação do juiz e demais autoridades? Enfrentavam um lider camponês? Não. Problema de posse de terras não existia, na época. Nem pensavam em lutar por isso. Não promoviam desordens (seus adeptos eram proibidos de tomar bebidas alcólicas), apenas caminhavam e pregavam religião. Carregavam uma bandeira de abnegação. Nada mais...

Existia uma crença de que o andarilho beato era analfabeto. Usando frases em latim o suficiente para impressionar seus seguidores, mas decoradas. Outros afirmavam que Nhô Ricardo era "biblado", portanto, não carregava a Bíblia como enfeite, deveria saber ler.

—Enganador de negros e caboclos iletrados. E dos remanescentes daqueles do arco e flechas...

Insistia o vigário local.

—Deve ir para o hospício...

Segredou o sacristão para o coroinha, com ar medroso.

—Quem, o padre? — Perguntou o garoto distraído.

—Não, sua anta! Ele não...

E indiferente aos comentários, o homem dos olhos fundos, vítima de inanição e maus tratos, prosseguia comandando a caminhada, de roça em roça, de casa em casa, o exército de mulambentos e esfarrapados rezando baixinho. Mostrando que o mito Nhô Ricardo permanecia vivo....

—Ele usa a religiosidade como estratégia de libertação do seu povo...

Avançou no seu ponto de vista, o primeiro professor destacado para a pequena localidade. Que havia por um momento deixado sobre a mesa a lição: ''O rato roeu o roupão roxo da rainha da Rússia. A rainha de raiva morreu". (Exercício da época, para que os alunos aprendessem a lidar com o "r"; a rolá-lo entre o céu da boca e língua, a fim de que fosse extraído o tom exato). Assim como a outra: "Por que palras, pardal, pardo? Palro, palro e palrarei porque sou o pardal pardo, palrador del-rei"...

Tanto Nhô Ricardo quanto seu pessoal, possuiam a mais sólida, a mais robusta têmpera. De gente indomável. Que passava privações de toda sorte e não se deixava abater. Não havia a menor sombra de desânimo nos rostos de homens e mulheres. Na miséria mais funda, não se acovardavam e nem negavam suas crenças.

—Essas pessoas são levados por mentiras de um evangelizador sinistro, que fatalmente as arrastará a uma desgraça incalculável! Vocês verão...

Entrou no assunto o estudado farmacêutico, querendo agradar não só autoridades regionais presentes, como gente vinda de São Paulo. Enviadas à Itaquaquecetuba com a finalidade de estudarem o fenômeno popular intitulado "Marcha da Fé".

—Ele não representa ameaça para ninguem! É, isso sim, nosso benfeitor!...

Gritou alguém erguendo um desenho-retrato de Nhô Ricardo, no momento em que novas pessoas chegavam na casa paroquial, onde prosseguia a reunião, após almoço regado a leitão assado e bons vinhos.

Dois soldados colocados de plantão na porta, e sons das mais diversas alturas saiam pela janela, quase todos contendo o mesmo significado. Unanimidade de opiniões:

—Vim para neutralizar esse conflito popular, que se esboça como da maior importância...

—De fato, uma organização perigosa, primitiva, altamente destrutível, que está se formando com a finalidade de por em perigo toda a nossa sociedade...

—As atitudes desses bárbaros desorganizarão a mão-de-obra...

—Os empregados sumirão, graças a esses brutos e arrogantes...

—Prendê-los, todos? Andam desarmados. Não são arruaceiros e não temos conhecimento de um só crime cometido por eles. Mesmo que houvesse, não haveria cadeia suficiente...

—É, mas logo estarão de carabina e espada nas mãos...

—Horda de mentecaptos! Ingênuos marginais fanáticos a nos dar trabalho! Só isso..

Lá dentro não se falava em outra coisa, a não ser no bando de desesperados. Porém, por onde Nhô Ricardo passava em silêncio, pelas matas da quaruba-vermelhas, atravessando lagos e lagoas, de preás e catetos, com sua gente de paz (respeitavam roça e criatório, não tocavam em nada de valor, que não fosse deles), recebiam donativos. E indiferente às opiniões das autoridades, homens e mulheres beijavam suas mãos gritando:

—Milagreiro!... Milagreiro!...

E todos, no punhado de miseráveis maltrapilhos, deserdados da sorte — não carregavam machado ou faca, nenhuma ferramenta — apenas cruz e estandartes coloridos, em procissão, quando não rezando, entoavam hino em homenagem ao lider carismático...

Assim como chegara de mansinho, não se sabendo de onde, Nhô Ricardo, foi abandonando Itaquaquecetuba em peregrinação. Levando para longe dali a "Marcha da Fé". Acompanhado de sua gente, portando roupas brancas, feito revoada de garças. Como dando um tempo, até que as coisas por ali se acalmassem...

Fôra o homem crente, uma alucinada vítima da pobreza rural, do analfabetismo, da fome e da doença, transformado em fanático? Um desesperado mergulhado na apatia da falta de esperança, e enredado em forma de messianismo? Ou um eleito de Deus? Quem saberia?...

O que se sabia de concreto nada tinha a ver com o beato. Durante três tardes seguidas, o preocupante macumbeiro Nito Sapupira, o "Bitu", encontrou-se com os estrangeiros no bar da praça. Na "venda".

Embriagado (o que não era de se estranhar), a partir dali, o curador passou a portar-se de maneira diferente das outras vezes. O que chamou a atenção dos presentes. Não citou manteiga de tartaruga contra cansaço. Começou a chamar as pessoas por nomes diferentes.

Nito Sapupira ao referir-se à Nivoni, disse Kátia Cylene. Chamou Denoy Sigrist, de Alessandro, várias vezes. Hilda, de Roana. Eny, para ele, era Nayara Edivilma. E Ramon Iarni, Janiel. Trocando com a maior naturalidade, todos os nomes já conhecidos para ele. Delicado, despertou a atenção de Circe, porque carinhosamente, tratou-a como se ela tivesse o nome de Wanira e se conhecessem há tempos. A moça gostou não só do nome como do novo tratamento. Sorriu.

E para completar o que ninguém estava entendendo na mesa de encontro de amigos, o macumbeiro afirmou chamar-se na verdade: Dedimar.

—Nada de mais! Com a cabeça atrapalhada pelo consumo excessivo do álcool, é comum confundir nomes. Coisa de bêbado contumaz...

Resumiu o oleiro italiano, tentando por um ponto final na questão.

O caboclo encardido e atordoado, bem que tentou explicar a que viera. Estavam todos ali, novamente reencarnados. Ele e a moça loira, como astro e estrela, nos papéis principais, os demais descrentes, não passavam de meros atores coadjuvantes, no palco do teatro da vida...

Nos três encontros seguidos, no bar-armazém ou "venda", como chamavam na época, ao lado da igreja, a mesma tentativa, mas em vão. Ninguém acreditava nele e muito menos em vidas sucessivas. Mas foi o suficiente para o que almejava: completar o seu trabalho de conquista.

Permaneciam distraidamente conversando sob o efeito do álcool, enquanto o franzino mulato preocupava-se em não sentar de frente para a jovem loira.

Não ficava mais admirando as pernas, o busto ou os olhos verdes de esmeraldas, queria apenas sentar-se do lado esquerdo de Circe. Onde o bruxo debaixo da mesa, procurava encostar nem que fosse a unha do pé sujo, na pele clara da moça. Simples contato, que a seu ver, bastava para o bom andamento do trabalho de conquista. Ligação quase imperceptível.

A loira italiana entretida com a conversa, jamais notara as leves pressões, encostadelas ou pisões propositais. Para ela nunca passavam de esbarrões casuais, sem a menor importância...

A vila de Itaquaquecetuba acordara agitada naquela manhã.

Iniciaram logo cedo o diz-que-diz, o fala-fala, a correria de boca à ouvido. Seriam comuns boatos ou realmente a notícia tinha fundamento?

A formosa e saudável Circe, olhos verdes, pele cor de rosa, linda e delicada como flor de paineira, bem torneada, perfeita em tudo; da raiz do cabelo, aos dentes e unhas dos pés. (Que hoje seria chamada em qualquer roda de jovens exaltados: Vitaminada! Saradona! Necessária! Absoluta!). A mimada filha do oleiro italiano, havia brigado com o pai e a mãe e desaparecera do povoado.

Deixando apenas frio bilhete informando que embarcaria para Santos. De onde tomaria um navio rumo a Itália.

Desconfiado Sávio Giusti foi até a delegacia a fim de saber se algum estranho havia chegado na vila, sozinho, e partido acompanhado. Qual foi sua surpresa ao encontrar ali, as sete esposas do Nito Sapupira, o "Bitu", queixando-se todas elas, da ausência do marido.

O misterioso homem também sumira como por encanto...

Igreja de Nossa Senhora da Ajuda, atualmente. Encerrando 400 anos de História. Na mesma praça, que foi cemitério de indios guaianases, local de reunião de bandeirantes, palco de leilão de escravos e ponto de encontro de moradores, no início do século.

Para que (baseado neste livro), nunca escrevam: o grande cientista romeno Denoy Sigrist, passou por Itaquaquecetuba...

Ele não existiu. Saiu da cabeça criadora do Autor destes quatro contos (narrações de amor, ricas de informações, repletas de aulas relativas à natureza; um verdadeiro tratado sobre História e importantes resumos de Botânica, Zoologia, Piscicultura, contendo inclusive síntese de Etnologia): "Páginas do bom tempo", "A poche", "A cobra e o peito da pomba", "Bogó e capuaba".

Que juntos formam um acervo documental sobre a região e seus moradores. Populações rurais reunidas numa epopéia de 400 anos. Rememorando tradições, lendas, costumes e crendices da gente paulista, simples e tão rica em virtude. Além de portadora de ânimo extraordinário para lutar.

Nos enredos foram escritos propositadamente fins nebulosos, para que o leitor participe. Complete à sua maneira, os destinos dos personagens principais...

Alguém poderá estranhar tantos tipos de árvores, pássaros, animais e peixes, na região. Mas a aldeia em 1600 era selva pura. Uma sentinela avançada na colina, a espreitar os perigos oriundos da mata virgem. Que foi perdendo o brilho natural de toda sua riqueza com o passar dos anos, a maneira que o progresso avançava. Se no rio Tietê, de hoje, na parte que banha a congestionada e poluida capital paulista, aparece de vez em quando uma capivara, um jacaré, pode se avaliar o que guardava o rio Anhembi, mais largo e mais profundo, de ontem?...

Como em quase todo o Brasil-antigo, havia por ali, até ouro em abundância...

Em tom coloquial, não erudito, fatos e hábitos do passado foram preservados e apresentados no livro. O memorialista além de oferecer descrições curiosas de situações, descreve sobre a mentalidade da época. O que dizia e como falava a gente antiga. O idioma mais usado, o **nheengatu**, depois o português e o espanhol. E dentro dessas línguas, o Autor procurou na obra ambientada no interior, manter o melhor possível, o linguajar do povo, palavras do dia-a-dia, inclusive trovas e modinhas, assim como os xingamentos daquele tempo.

E o principal, além da História da Região, o romance itaquaquecetubense, amor imortal entre duas pessoas como Dedimar e Wanira, a atravessar séculos, apesar dos pesares. Dos impecilhos familiares e das perseguições de outros. Cujas almas gêmeas, possuiam a qualidade de todas as participantes das grandes histórias de amor do mundo: Romeu e Julieta, Tristão e Isolda, Dante e Beatriz, Petrarca e Laura, Abelardo e Heloísa...

Vejamos então, entre o citado no presente trabalho documentado, escrito com o máximo de competência, o que foi realidade e onde entrou a ficção:

"Páginas do bom tempo" -1600.

Padres, José de Anchieta, Manoel da Nóbrega, João Álvares. Cientista Charles-Marie de La Condamine, governador Duarte da Costa, e o bandeirante Domingos Jorge Velho, existiram.

O cacique Cunambi, sua filha Terecita, o pajé Sêi-mo e seu filho "Um Dia Antes do Fim do Mundo", os demais índios: "Pato-mergulhador", "Gavião-Preto", "Embira-Branca" e os padres Leocádio Sintra Pereira, Sinval Limoeiro Extremo, Tiago Elegido Contreras, Omar Dias Ramaje e Fernão Mitre Dichoso. Pura imaginação.

"A poche"-1700.

A "guerra" entre Pires e Camargos, foi uma verdade histórica. Perfazendo cem anos de combates populares nas ruas paulistas. A "Dança da Santa Cruz", criada em 1600 para atrair o índio, é dançada até hoje. O fidalgo português Braz Cubas, o capitão-mor Martin Afonso de Souza, existiram. Assim também como Pedro Leme e sua esposa Grácia Rodrigues, o padre Guilherme Pompeu de Almeida e o cronista da época, Pedro Taques.

A milionária paulista Madanela Vândala. E obviamente os bandeirantes: Manuel da Borba Gato, Fernão Dias Paes Leme, Cabral Leme, André de Leão, Pedro Lobo, Antônio Bicudo, Bartolomeu Bueno, João Amaro, Gabriel de Lara, Manuel Preto, Nicolau Barreto, Raposo Tavares e Chico Dias de Siqueira, o "Apuçá"...

José de Carvalho Pinto e seu irmão capitão João de Carvalho Pinto, donos das terras de Arujá, existiram realmente. "O Cristo da Melancia", é uma Santa-Ceia pintada por Guini e acha-se no museu de Porto Feliz. A via-sacra famosa, pintada por Lavínia Cereda, encontra-se na igreja-matriz da cidade de Itu, Nossa Senhora da Candelária. A francezinha Vendramini, a Vendra: ficção.

Não existiram: a senhorita Lé, Lérida Valeron, o jovem Lourênço Epifânio de Taveira Centelhas, o Lô, a caudilha Vicentina Artíbia Roiz de Aragão y Castela (dona Nena), seu marido o fidalgo espanhol Ariel Ardiles Roiz de Aragão y Castela, o poeta Raul Casota, a escritora Alícia Leal, e os outros amigos, Júlio Lorena Diniz, o Emanuel do Canto e o Motinha. Nem o bugrinho "Serelepe"...

"A cobra e o peito da pomba"-1800.

Costumes: existiram leilões de escravos, redes para o transporte de defuntos (e diversos tipos de caixões). E o hábito de malhar o corpo para ficar mais leve: uma realidade. Os proprietários de terras, João José de Moraes e Benedito Leite Machado, a escrava Ana do Benedito Leite Machado, a "Ana Guiné", bem como o escravo Inocêncio e Francisca Alves de Paula, todos residentes em Itaquaquecetuba, existiram. "Filhos da Roda", realidade.

O "Buraco", verdade. Latifundiário Leôncio Antunes Ramalhares, a esposa Angélica, a sinhazinha Purezinha, o escravo Calunga, o terrível e sanguinário capitão-do-mato, Urutu e o capataz Capeta, ficção.

Não existiram também os coronéis: Adermo Pitombo, Sizenando Crisóstomo, Quinzinho Pantoja, Reduardo Ramos Sicupira e o Hermenegirdo Mangabão.

O jogador profissional de baralho, Catharino Sapopema, fantasia. Mas a bailarina Italiana Maria Baderna, existiu. Chamava-se na verdade Marietta Baderna, porém nada indica que tenha passado por Itaquaquecetuba. O Autor usou sua figura, apenas como curiosidade da época. Lina Angeleri, a "Perla", também...

O Viaduto do Chá, no passado era mesmo chamado de Viaduto dos Três Vintens. Que tem se mantido por mais de uma centena de anos, como principal artéria da movimentada metrópole paulistana. Somente em

1938, o velho viaduto foi substituido por outro mais perfeito, de linhas modernas. A cena da iluminação do Jardim da Luz, ocorreu na noite de 25 de abril de 1870. Frei Germano dAnnecy, foi matemático, astrônomo, botânico e físico. Nomeado por D. Pedro II, foi também membro correspondente do Observatório do Rio de Janeiro e o precursor da astronomia brasileira.

"Bogó e capuaba"- 1900.

Garotos de entrega e prestativos: "Caroço" e "Faisca", não existiram. Fabriqueiro, aforador, sub-delegado Sebastião Ferreira dos Santos e o proprietário de terras Francisco Ignácio da Silva, do comércio, bem como seus filhos Hercília e Francisco, existiram. (Avô materno, avô paterno, mãe e pai do Autor do livro). O negociante Joaquim Gonçalves da Silva, o "faz-tudo" Totó (Tertuliano Nobre de Moraes), a Josefina Maria de Moraes, o filho Gentilzinho (Gentil de Moraes Passos) e o esposo João Batista dos Passos, mais o professor "Joanico", realidade.

Verdadeiros, o Calazans José Barbosa, o José Pinho, o Miguel Laurindo, o Nito Ponteiro, o Guilherme Frade, o Zé Florinda, o capitão José Leite de Camargo, o Antônio Berbiano, o Anacleto, o Cabral e o Nito Candinha.

O escultor Aleijadinho existiu. Chamava-se Antônio Francisco Lisboa. Era filho de Manuel Francisco Lisboa e de sua escrava Isabel. Um gênio do barroco mineiro. O mesmo acontecendo com Dito Pituba. Benedito Amaro de Oliveira, um santeiro popular que se dedicava a produzir imagens em larga escala, para povoar os oratórios familiares da época. Nasceu em 1848 e faleceu em 1923.

O dono do "estaleiro", o espanhol Ramon Iarni e a esposa Eny, o oleiro italiano Sávio Giusti, a mulher Hilda e a bela loira filha Circe, o cientista romeno Denoy Sigrist e a esposa Nivoni. O ornitólogo Max Kandler e o caçador "Tuim", apresentados nesta magnífica obra literária regionalista, "Vida e Reviver", não existiram.

O mesmo acontecendo com a cozinheira de origem negra, Advan, as lavadeiras de roupa, a cabocla "Dodora" e a bugra "Cambaia", o mateiro Bentinho Saquarema, o macumbeiro, Nito Sapupira, o "Bitu" e o compadre fogueteiro Ambrozino. Ficção.

O beato Nhô Ricardo, sim: realidade. Foi uma espécie de "Antonio Conselheiro", da Capela. Apenas não preocupado com a passagem da Monarquia para República. Sua luta concentrava-se somente na religião.

O Autor dedicando-se a estudos profundos sobre o passado da região, pesquisando arduamente, constatou que, as "Pedra da Felomena", "Pedra da Maria da Silva" e outra denominada "Rio da Pedra", foram verdadeiras. Pontos de lazer da população. O "Porto dos Barcos", ficava onde atualmente é a ponte. Obviamente esta última não existia. O "Casarão", de vigorosas e duradouras paredes de taipa, citado várias vezes e em épocas diferentes, pousada do tempo dos bandeirantes, está de pé até hoje. E ainda abrigando moradores.

Das demais pessoas que constam, do fim do século ao início do ano 2000 ("A banda" e "O colar"), "Panetoni"-Nelsinho, "Sabiá"-Sérgio, "Bitatá"-Wilson, Roberto, Marcos, Elizeu, "Gari" e o maestro Gabriel, reais.

E completando informações do Autor, Renato Ignácio da Silva, que deixa a imaginação viajar sem trair a História, a Nayara Edivilma, o Janiel, a Roana, o Alessandro, a Kátia Cylene, e em especial, o Dedimar e a Wanira, pura ficção. Idealizados, assim como suas vidas sucessivas, apenas para melhor andamento da narração.

Renig - Editora e Assessoria Publicitária.